TURLUTE GRATOS
LES JOURS FÉRIÉS

DU MÊME AUTEUR

Dans la même collection :

Moi, vous me connaissez ?
Emballage cadeau.
Appelez-moi, chérie.
T'es beau, tu sais !
Ça ne s'invente pas.
J'ai essayé : on peut !
Un os dans la noce.
Les prédictions de Nostrabérus.
Mets ton doigt où j'ai mon doigt.
Si, signore.
Maman, les petits bateaux.
La vie privée de Walter Klozett.
Dis bonjour à la dame.
Certaines l'aiment chauve.
Concerto pour porte-jarretelles.
Sucette boulevard.
Remets ton slip, gondolier.
Chérie, passe-moi les microbes !
Une banane dans l'oreille.
Hue, dada !
Vol au-dessus d'un lit de cocu.
Si ma tante en avait.
Fais-moi des choses.
Viens avec ton cierge.
Mon culte sur la commode.
Tire-m'en deux, c'est pour offrir.
À prendre ou à lécher.
Baise-ball à La Baule.
Meurs pas, on a du monde.
Tarte à la crème story.
On liquide et on s'en va.
Champagne pour tout le monde !
Réglez-lui son compte !
La pute enchantée.
Bouge ton pied que je voie la mer.
L'année de la moule.
Du bois dont on fait les pipes.
Va donc m'attendre chez Plumeau.
Morpions Circus.
Remouille-moi la compresse.
Si maman me voyait.
Des gonzesses comme s'il en pleuvait.
Les deux oreilles et la queue.
Pleins feux sur le tutu.

Laissez poussez les asperges.
Poison d'Avril, ou la vie sexuelle de Lili Pute.
Bacchanale chez la mère Tatzi.
Dégustez, gourmandes !
Plein les moustaches.
Après vous s'il en reste, Monsieur le Président.
Chauds, les lapins !
Alice au pays des merguez.
Fais pas dans le porno...
La fête des paires.
Le casse de l'oncle Tom.
Bons baisers où tu sais.
Le trouillomètre à zéro.
Galantine de volaille pour dames frivoles.
Les morues se dessalent.
Ça baigne dans le béton.
Baisse la pression, tu me les gonfles !
Renifle, c'est de la vraie.
Le cri du morpion.
Papa, achète-moi une pute.
Ma cavale au Canada.
Valsez pouffiasses.
Tarte aux poils sur commande.
Cocottes-minute.
Princesse Patte-en-l'air.
Au bal des rombières.
Buffalo Bide.
Bosphore et fais reluire.
Les cochons sont lâchés.
Le hareng perd ses plumes.
Têtes et sacs de nœuds.
Le silence des homards.
Y en avait dans les pâtes.
Al Capote.
Faites chauffer la colle.
La matrone des sleepings.
Foiridon à Morbac City.
Allez donc faire ça plus loin.
Aux frais de la princesse.
Sauce tomate sur canapé.
Mesdames vous aimez « ça ».

Maman, la dame fait rien qu'à me
    faire des choses.
Les huîtres me font bâiller.

Hors série :

L'Histoire de France.
Le standinge.
Béru et ces dames.
Les vacances de Bérurier.
Béru-Béru.
La sexualité.
Les Con.
Les mots en épingle de Françoise
    Dard.
Si « Queue d'âne » m'était conté.
Les confessions de l'Ange noir.
Y a-t-il un Français dans la salle ?

Les clés du pouvoir sont dans la
    boîte à gants.
Les aventures galantes de Béru-
    rier.
Faut-il tuer les petits garçons qui
    ont les mains sur les hanches ?
La vieille qui marchait dans la
    mer.
San-Antoniaiseries.
Le mari de Léon.
Les soupers du prince.
Dictionnaire San-Antonio.
Ces dames du Palais Rizzi.

Œuvres complètes :

Vingt-trois tomes parus.

SAN-ANTONIO

TURLUTE GRATOS LES JOURS FÉRIÉS

Cette représentation ou reproduction, par quelque procédé que ce soit, constituerait
donc une contrefaçon sanctionnée par les articles L. 335-2 et suivants du Code de la
propriété intellectuelle.

FLEUVE NOIR

© 1995 Éditions Fleuve Noir.

ISBN 2-265-05493-3
ISSN : 0768-1658

Les histoires d'amitié sont comme les histoires d'amour : les héros meurent à la fin. C'est leur façon de bien finir.

SAN-ANTONIO

Si tu avances, tu meurs.
Si tu recules, tu meurs.
Alors à quoi bon reculer ?

Proverbe zoulou

On n'a rien à gagner à emmerder des gens qui n'ont rien à perdre.

Albert B.

Il ne faut jamais se torcher le cul avec un ticket de métro, surtout s'il a été poinçonné.

Albert B.

Combien de fois la carrière d'un vieux cycliste aura-t-elle été interrompue par le col du fémur ?

Albert B.

Je n'ai jamais rencontré de « porc d'agrément » et je le regrette. Quelle compagnie ce serait pour l'homme !

SAN-ANTONIO

A Pierre SCICLOUNOFF,
comme toujours et pour toujours.

SAN-A.

PREMIÈRE PARTIE

LE PÉBROQUE

1

IL NE FAUT PAS CONFONDRE
CHAUDE-PISSE ET PREMIÈRE COMMUNION

Le chanoine Dubraque essayait d'apercevoir sa pénitente à travers la grille de bois du confessionnal. La pénombre du lieu rendait son examen difficile. Pourtant il captait plus ou moins une chevelure blonde, tombant jusqu'à l'épaule, un visage doux dont les yeux de contrition se dérobaient.

Il murmura d'une voix mansuète :

— Disez-moi tout, mon enfant ; disez-moi bien tout si vous voudrez obtiendre une bonne absolution qui lave plus blanc que blanc.

Mais la personne éprouvait de la difficulté à avouer ses fautes. Sa respiration saccadée révélait sa réticence.

Le digne ecclésiastique se fit plus pressant :

— V'savez, ma poule, v's'êtes là pour essorer vot' conscience. Il n'éguesiste pas d'fautes que vous ne pussassiez me dire. J'en ai entendu des raides d'puis qu' j'fais prêtre. J'croive qu' rien n'm'aura été épargné : tous les péchés capitals y sont passés, de pomper des chibres jusque z'à buter sa vieille môman !

Il eut un rire guilleret qui se voulait encourageant. Cependant, la femme continuait de stagner dans les mutismes les plus hermétiques.

— J'voye, soupira le chanoine, vous faites un coinçage ; faut qu' j'vais vous aider. On commence par la broutille : j'vous prends la gourmandise. Vous raffolez la bonne bouffe ?

— Brrr..., répondit la contrite.

Le digne homme en fut offusqué.

— Non ! s'indigna-t-il. Pourtant, merde ! c'est pas dégueu, la tortore, p'tite maâme. Dites-moi pas qu'un bon coq au vin grémenté d'petits lardons, ou une belle potée auverpiote ça vous fait pas mouiller de la clape !

— Brrr... ! réitéra l'agenouillée de frais.

— J'voye, maugréa le chanoine, c'est l'ramadan biscotte vot' ligne. Si vous croiliez qu' les mecs en pincent pou' les planches à repasser, vous vous filez l'*finger* dans l'lampion, comme disent les Britiches. Bon, alors passons directo au dargiflard ; j'croive comprend' qu' vot' longueur d'onde à vous, c'est la baise, hein ? Vous grimpez au chibre, ma p'tite loute ? Vot' coquetterie, c'est d'sauter au paf ? Écosseuse de braguettes, je pressens.

« Un beau matou croise vot' route et hop ! vous y engouffrez l'Nestor pour débuter, bien y entreprend' le bilboquet à moustaches gauloises, vous l'califourchez à cru, en écartant la p'tite culotte, pas y blesser l'manche à gigot. Et pis, quand c'est qu' son chibraque a franchi l'point d'non-retour, par ici la bonne soupe ! Ces messieurs-dames à l'horizontal' pour l'stipule chaise d'gala ! Naturel'ment c'est pas av'c vot' julot qu' vous accomplissez ces performances, hein ? Vot' gagneur, c'est juste l'sifflet dans la tirelire, l'samedi soir, pour y décrasser les glandes. Mais la chouette embellie, v'la réservevez à des milords d'après-midi, qu'ont tout l'temps d'se dégorger l'espiègle.

« Slave dit, j'vous comprends : la bonne tringle, faut z'êt' parfaitement rilaxe pour pas r'chigner du coup de reins. Un' belle embrocade n'souff' pas la précipitance.

« Moi, si j'vous dirais, l'idéal, c't'un p'tit roupillon après l'premier lâcher d'ballons. Le quart d'heure du roi, manière d's'refaire des burettes. N'alors, vous v'là neuf, paré pour la sute qu'est bien meilleure qu' l'début, biscotte on s'est défargué d'l'impatience. Au départ, le désir vous mène ; vous v'lez t'êt' au four et au moulin n'en même temps et, d'c'fait, vous bâclez vos bouffages et coups d'rapière.

« À la seconde tournanche, on pondère bien. Tout dans la languisserie, ma poule. Y v's'arrive volontiers d'limer de profil si vous verriez c'que je veuille en viendre ? La frangine n'a qu'à r'plier une de ses cannes, faciliter l'entrée du gladiateur. Pour mett' la potée rose, rien n'vous empêche d'pratiquer à la dadame un léger toucher su' l'avant-scène en cours d'embroque. Ça lu stimule le sensoriel. C'est là qu' vous branchez la radio pou' couvrir ses pâmades. Pas d'emballement, surtout ! Même qu'elle vous supplillerait d'placer vot' sprinte : calmos ! C'est pour son bien. Après son panard, ell' vous en saura gré. Quand v's'en êtes là, rien n'vous empêche d'larguer les amarres la tête haute.

« Pourtant, j'précone au gonzier d's'réserver, pour l'oraison bien simp' qu'en amour, la gerce récupère beaucoup plus vite qu' l'matou. Y arrive qu'é se met à vous rebricoler l'chinetoque tandis qu'vous s'êtes su' l'flanc à chercher vot' souffle comme un thon frais pêché su' le pont du barlu. La

prévoiliance veuille qu'vous sortassiez les aéro-
freins n'au moment d'vot' envol de pigeons ; vous
lui jouez une p'tite bramade au chiqué, qu'é croye
que vous prenez vot' fade aussi, manière d'unisson-
ner. N'en réalité vous restez opérationnel pour
l'troisesième service.

« Là, d'deux choses l'autre : n'ou bien elle r'met
l'couvert biscotte c't'une insatiable ; ou bien elle
crille grâce, vu qu'elle est essorée complet, n'au
quel cas, si ell' a du savoir-viv', elle r'fusera pas
d'vous turluter l'Nestor en r'mercillement d'vos
bons et aloyaux services. Vous vous rabattez alors
sur un solide calçage à la papa pour solde de tout
compte. Et même, dans c'cas estrême, j'en aye
connues qu'ça rallumait et qui f'saient la route av'c
vous, ce qu'est un *épi inde* aussi inattendu qu'
d'tout' beauté. »

Le confesseur se tut, à court de salive et d'arguments.

Dans la partie de la cage à péchés réservée aux
pénitents, la confessée ne mouftait pas. Elle avait
appuyé son front sur la grille de bois, comme pour
se rapprocher au maximum du chanoine, et restait
immobile.

— M'n'enfant, murmura le saint homme, avez-
vous-t-il bien compris ce dont je vous ai dit ? Mes
esplicances vous paraissent probab'ment manquer
d'nuances, mais j'suis toujours été pou' le parler
franc. Dites, ma poule, v'sentez vachement bon.
C'est quoice, vot' parfum ?

Silence.

L'homme d'Église toussota, ce qui lui amena une
expectoration qu'on aurait classée triple zéro chez
un écailler. Il s'en défit à l'amiable et reprit :

— Si qu'vous s'riez émue, disez-le-moi franche-

ment : un prêtre ça peut tout entendre. P't'êt'
sont-ce mes allusions à l'amour qui vous troublent ?
Y a des natures très portées qui grimpent en
mayonnaise sitôt qu'on leur cause radaduche. Si tel
s'rait l'cas, j'l'comprendrerais, v'savez, mon trognon.

Comme la personne continuait de mutismer
farouchement, le confesseur craignit qu'étant peut-
être d'une nature hypersensible, elle ne se fût éva-
nouie à son discours.

Il sortit de sa guitoune pour aller porter un éventuel secours à la pénitente. Lorsqu'il eut tiré le
rideau isolant cette dernière, il constata qu'elle n'en
avait pas besoin.

La femme blonde se trouvait toujours en posture
de contrition. Sa joue gauche était appuyée contre
la paroi à claire-voie. Son bras droit pendait le long
de la cloison. Son regard (dont on ne distinguait
qu'un œil) était d'une éloquente fixité. Malgré la
pénombre ambiante, le chanoine réalisa que la
peau de son visage tournait au bleu-vert.

— Nom de Dieu de merde ! soupira l'ecclésiastique d'une voix qui manquait un tantisoit peu de
dévotion.

2

PLEURE ! Ô MON PAYS BIEN-AIMÉ

Alexandre-Benoît libère un de ces pets de stentor qui comptent dans la vie d'un slip Eminence. Son étole violette accroît la vive coloration de ses joues marbrées par l'abus des boissons fermentées. Il a l'œil hébété de la poule venant de trouver un couteau Opinel parmi les œufs qu'elle est en train de couver.

Comme il est en veine de flatulence, il bombarde derechef. Une vieille bigote de garde, aux prises avec des perles également, mais en ce qui la concerne ce sont celles de son chapelet, se retourne, interloquée.

— Qui sème le vent récolte la tempête, dit le gros chanoine d'un ton désabusé.

La prieuse se fait une oraison et l'oublie. Lors, le faux prêtre introduit son pouce et son médius en pince de homard dans sa bouche et lance un coup de sifflet qui n'est pas sans rappeler celui qu'émet un arbitre de foot pour marquer la fin d'un match.

La dame sursaute et interpelle d'un regard éberlué ce singulier prêtre qui produit des bruits si peu en rapport avec le saint lieu.

Je me tenais dans le fond de l'église, entre le bénitier et ce renfoncement où sont en vente des publications approuvées par le clergé. J'étais en train de prier le Seigneur à propos de mon tiers provisionnel qui va me choir sur la coloquinte au moment où je viens d'acheter une Ferrari 456 G T gris anthracite, intérieur havane. Je me doute parfaitement que Dieu doit rester circonspect vis-à-vis de ce genre de requêtes mais enfin Il est là pour tout le monde, et le cyclomoteur d'un manar émigré n'a pas priorité sur un véhicule de prestige déjà gravement pénalisé par le montant de sa vignette, des impôts inhérents ainsi que de son entretien.

À l'instant où ma supplique se pare d'un vocabulaire de haute tenue, une modulation stridente, amplifiée par les voûtes de l'édifice, fissure mes tympans.

Bérurier a du nouveau !

Illico, je me signe d'une croix et me dirige vers le confessionnal du chanoine Dubraque. Ce faisant, je constate que, simultanément, mon sombre collaborateur Jérémie Blanc se rabat vers l'entrée principale, tandis que César Pinaud, tout enchifrené dans le col d'astrakan de sa pelisse pour milliardaire des années 20, gagne la petite porte latérale de l'église, laquelle donne sur la rue Bugnazet de Mayfaisse, l'inventeur du choucroutier à modulation de fréquence.

Béru en chanoine est une vision à ne rater sous aucun prétexte, même valable.

Le Mastard est debout, dos au confessionnal dont la lourde centrale est restée ouverte. Il a l'air bizarre d'un médium qu'un hypnotiseur en manque de fluide a endormi d'un coup de maillet sur l'occiput.

— Quoi ? lui demandé-je abruptement.

— La couille ! m'informe le prêtre de circonstance en me montrant le logement de gauche.

Je fais coulisser complètement le rideau d'étoffe rêche, plus poussiéreux que le prépuce de Madonna. Ce simple geste me met en présence d'une dame qui quinquagénait sur les bords avant de restituer son âme à Dieu. La personne est blonde décolorée, vêtue d'une robe noire, d'un ciré bleu, chaussée de bottines en cuir souple. Sa tête est appuyée sur la grille de bois ; ses doigts tiennent un mouchoir en boule. Un parapluie rétractable est sagement déposé sur le plancher.

— J'la confessais, m'explique le Mammouth, et a n'mouftait rien. Juste au début, l'a produise quéqu'gargouillis en réponse à des questions intimes dont j'lu posais. J'croaliais qu'a m'disait « non ». N'à la fin, j'ai voulu en avoir l'cœur net, alors j'ai sorti pour m'renseigner ; et v'là.

Il ajoute :

— Rien vu, rien entendu ! Tu croives qu'elle a eu une crise cradingue ?

Au lieu de répondre, j'actionne ma lampe-stylo et promène l'étroit faisceau sur le visage de la morte. Il ne me faut pas longtemps pour découvrir une minuscule perle de sang en cours de coagulation sur sa joue droite, près de la tempe. Le raisiné a séché, est devenu carmin, avec des reflets de verre.

— Ne touchez à rien, mon père ! fais-je en m'esbignant.

D'entreprendre alors une visite de l'église. Outre la bigote en âge d'oraison, il y a là l'abbé Prunier occupé à catéchiser quatre petites filles près de l'autel consacré à la bienheureuse Vierge Marie,

deux religieuses qui décorent le chœur de bran-
chettes de houx en prévision de je ne sais quelle
fête, et un bedeau-remplaceur-de-cierges-trop-bas-
consumés, juché sur une échelle à double révolution. Rien de plus innocent, ni de plus paisible, que
ces êtres rassemblés par l'amour du Seigneur. Je
regarde dans l'autre confessionnal, puis derrière les
trois autels, et enfin dans la sacristie où je constate
que la porte de cette dernière est fermée au verrou
depuis l'intérieur. Par acquit de ce que tu sais, je
demande aux aimables nonnes si elles auraient vu
quelqu'un pénétrer dans ces coulisses de l'église ;
mais elles me répondent que *niet*. Rapide visite à
mes coadjuteurs pour leur poser la même question.
Pinuche et Blanc m'affirment que personne n'a
quitté la maison de Dieu depuis vingt minutes.

J'ai toujours raffolé du mystère de la chambre
close parce qu'il donne à rêver. Comme le prodige
est banni de notre univers rationaliste, on en vient
automatiquement, et à son vif regret, à remplacer
le merveilleux par une bonne vieille évidence bien
de chez nous. Mon intelligence, du moins ce qui
m'en tient lieu, me dit que si un meurtre a été
commis dans la maison du Seigneur et que personne n'en est sorti, c'est que le coupable s'y trouve
toujours. Pas besoin d'être diplômé de Polytechni-
que pour admettre la chose. Ce qui reviendrait à
dire qu'il est l'une des personnes présentement rassemblées sous les voûtes faussement gothiques de
l'église. Je veux bien, mais sur laquelle faire porter
mes soupçons ? Est-ce le catéchiste ? Une des
pucelles provisoires auxquelles il enseigne la vérité
du Seigneur ? Est-ce l'une des deux religieuses
affairées dans le chœur ? Ou bien le bedeau qui
cherche du suif à ses chandeliers ? Voire la bigote

en prière ? Elle est peut-être fausse, après tout ? Et s'il s'agissait d'un gonzier affublé ? Mes deux auxiliaires, Pinuche et Blanc, assurent n'avoir rien remarqué de suce-pet.

Je cherche la pénitente des yeux : elle n'est plus sur son prie-Dieu ! Par contre, son sac à main hors d'âge s'y trouve encore. Avec impudence, je l'ouvre. Il contient un livre de messe, des kleenex neufs ou usagés, un chapelet à gros grains, un porte-cartes en plastique recelant une carte d'identité nationale délivrée au nom de Marie Couchetoilat, la photographie d'un officier de j'ignore quelle arme, au visage ganacheur, et un godemiché de concierge, en caoutchouc fusé qui doit remonter à Mlle de La Vallière (que son pied bot n'empêcha jamais de pomper le chibre de Louis XIV). Le tout me semble assez innocent.

Comme je remets le réticule ridicule sur la paille de la chaise basse, je perçois une agitation feutrée en provenance du confessionnal.

M'en approche. Constate que la cahute à péchés est animée d'un léger roulis kif si elle dérivait sur un fleuve impassible. La porte réservée au confesseur est infermée. Je jette un œil et découvre le faux chanoine Dubraque en train d'exorciser la culotte chafouine de la pénitente. Elle est assise sur les genoux du Valeureux, lequel la cramponne à deux mains par le michier pour aider cette méritante vieillarde à se soulever et à s'abaisser selon une judicieuse cadence.

La pauvre égarée balbutie :

— C'est mal, ce que nous faisons là, mon père !

— Occupez-vous pas d'ça, m'n'enfant, riposte le maître d'œuvre. Disez-vous plutôt qu'si le gentil Seigneur nous a donné un sesque, c'est pas pour qu'y servasse de châssis aux toiles d'araignée. Moi, d'vous voir l'dargif dressé pendant qu'vous prillellez, j'ai pas pu réfréner. Après not'bouillave on récitera un navet et un pâté par acquit d'conscience ; dans not' région catholique, on peut toujours s'arranger à l'amiab', c'est c'qu'en fait la beauté. Mais assez papoté, pense à c'qu'tu fais, la mère ! Bouge-le, ton vieux pot ! T'en as chopé souvent, des braques d'ce calib', dis, Carabosse ? Allez, force ! Profite, c'est gratuit ! Un'occase pareille, t'es pas prête à la r'trouver.

Ainsi s'exprime Alexandre-Benoît, profanateur insconcient.

Et Bibi, abasourdi, se demande avec l'anxiété du désespoir où est passé « l'assassin du confessionnal » ?

La situasse, tu veux que je te la résume ?

Nous étions prévenus qu'un meurtre allait être commis dans cette église. Nous avions pris nos précautions en l'investissant à quatre. Nous avions dévolu au Gravos le rôle du confesseur car il a l'embonpoint du chanoine Dubraque. Une issue condamnée, les autres étroitement surveillées, j'étais convaincu que rien ne pouvait se produire de grave. Et puis tu vois ?

3

TULATIF RECAPITU

Pour tout te dire...
Ça a démarré comme ça.
Tu m'ouïs ?
Le chanoine Dubraque...
Un cas.
Ancien missionnaire récupérateur de délinquants et de camés en perdition. Organisait avec eux des convois de bouffe à destination de bleds pleins de sales mouches (qui ne sont pas à merde car, là-bas, plus personne ne défèque pour cause de famine aiguë). Le cher homme tombe gravement malade, infléchit son sacerdoce et opte pour une vie plus calme. On lui confie une paroisse de banlieue pauvre où il continue de se prodiguer façon abbé Pierre, sauf qu'il n'a pas l'aspect ascétique de celui-ci. Au contraire, c'est un gros type à bourrelets qui déborde de partout, rougeoie, tonitrue, bref : un Béru cureton.

La semaine dernière, tu sais quoi ? Alors qu'il est allé s'incliner sur la tombe de son prédécesseur, enterré dans le cimetière de Saint-Firmin-les-Gonzesses, quelqu'un lui a défouraillé dessus depuis le mur d'enceinte et il s'est biché la bastos (une balle de fusil Lebel, qui est une arme très ancienne) à la base du cou. S'en est tiré avec une entaille inimportante. Le geste d'un dingue ou d'un garnement, a-t-il cru. Le saint homme n'en a même pas parlé à la police. Bâti à chaux (de pisse) et à sable (d'Olonne), ce baroudeur de Dieu en a vu d'autres, et des pires. Seulement, voilà qu'à la maison Pouleman arrive un appel téléphonique anonyme : le curé Dubraque, de Saint-Firmin-les-Gonzesses, va être assassiné dans l'après-midi du 18.

Des coups de grelot de ce style on en reçoit des chiées, chez nous. Moralement, on les met à la poubelle de l'oubli, si tu veux me permettre cette expression aussi hardie qu'originale. Et puis nous en parvient un second, le même jour. Le premier était masculin, féminin est le deuxième. Alors bon, ça réagit chez les draupers. On tubophone au chanoine. Et le saint prêtre nous révèle l'agression dont il a été l'objet. Cette fois, c'est du sérieux. Mobilisation générale. Bien que ce genre d'affure ne soit pas de mon ressort, comme dirait Aboudin, je me fie à mon instinct et prends l'affaire en main.

Le brave curé ressemblant à Béru comme une tête de porc ressemble à une tête de cochon (le souci de la vérité l'emporte sur ma profonde religiosité), Sa Majesté se fait la silhouette et la tronche du chanoine.

Résultat : une dame inconnue vient de défunter à quelques centimètres du pseudo-confesseur, dans les circonstances les plus troublantes qui fussassent. Il n'y a pas eu de déplacements dans l'église. La bigote à qui le Mastard accorde une absolution de son cru se tenait à pas quatre mètres vingt de la guitoune. Je surveillais toute l'église depuis la chaire désaffectée. Mes sbires en gardaient les issues. Et cependant, un meurtrier a frappé.

De quoi en perdre son latin !

Mon échec est aussi cuisant que la zézette d'un collégien qui s'est pogné à trois reprises pendant la projection de « Jolies friponnes sans slip », prix spécial du jury au Festival de Bouffémont.

Je vais rejoindre messire Blanc (d'Espagne) dont la belle peau sombre brille dans le clair-obscur du saint lieu.

— Téléphone à Mathias pour lui demander de se radiner de toute urgerie, mec !

Il.

Moi, je me retourne en direction du maître-autel (et non du maître d'hôtel), histoire de lancer un petit message personnel au Seigneur, comme quoi Il ne va pas permettre qu'un meurtre perpétré dans Sa propre demeure reste impuni, bordel ! Je Lui implore qu'Il m'inspire pour le plus grand triomphe de la vérité.

Rasséréné par cette nouvelle exhortation, plein de confiance et d'énergie, j'attends la fin du coït plus ou moins sacrilège du Mastard et, surtout, l'arrivée du Rouquemoute, en tirant (à défaut de coup) des plans sur la comète.

*
*   *

Les petites filles du caté se sont cassées. Leur abbé initiateur de même, ainsi que les deux religieuses. Le sacristain a fini de renouveler les cierges et change la nappe amidonnée de l'autel.

C'est délicat, comme manœuvre, car il faut déplacer les objets du culte qui s'y trouvent. Ignorant de la tragédie qui vient de s'accomplir, le digne homme (un dénommé Charles-Henri Dubois, préparateur en pharmacie, décoré d'un ordre religieux dont j'ai oublié le nom, deux fois blessé au cours de sa guerre d'Algérie et deux mille fois cocufié par son épouse dans sa vie civile), fredonne un chant séditieux, en tout cas impie, intitulé *Étoile des neiges*, dans un moment d'abandon.

Bérurier a, depuis longtemps, fini de pêcher avec la dame Couchetoilat. Celle-ci a retrouvé sa chaise basse et balance des salves de prières variées, à voix presque haute tant est ardente l'intensité de sa foi, exaltée par une farouche volonté de rédemption.

Mes hommes et moi examinons sans y toucher le corps agenouillé ainsi que la partie de confessionnal où s'est commis l'assassinat présumé.

Que je te cause...

La victime est une femme d'environ cinquante carats, aux cheveux que j'ai déclarés blonds en début d'ouvrage, et y pas de raison que je revienne sur ce point de détail. Son visage très blême se couvre de marbrures bleues. Ses yeux ouverts expriment l'absence. Dans l'ombre, son ciré de bonne coupe luit comme de la peau de cétacé fraîchement harponné.

Pinaud murmure :

— Si tu attends trop pour l'évacuer, la rigidité...

— Je ne veux pas qu'on la touche avant l'arrivée de Mathias, tranché-je-t-il.

— Elle n'a pas de sac à main, note M. Blanc.

— Je sais, fais-je, et j'ai examiné les alentours du confessionnal au cas où elle l'aurait abandonné sur quelque prie-Dieu pour venir s'essorer la conscience : je n'ai rien trouvé. D'ailleurs si elle en avait eu un, elle l'aurait conservé.

— Pourquoi ?

— Elle a pris son pébroque ; a fortiori elle aurait gardé aussi un réticule.

— Bien vu ! complimente le *all black*.

Je réfléchis que ce doit être mon premier meurtre dans une église, du moins accompli en ma présence !

— Où est le chanoine Dubraque ? m'enquiers-je.

— À la cure ! répond Pinaud ; il regarde le tournoi des Cinq Nations.

À quelques mètres de notre groupe, dame Couchetoilat, l'égérie d'un jour dans la vie tumultueuse de Béru, sort le train d'atterrissage de ses patenôtres (le cœur à ses oraisons que la raison ignore). Un signe de croix carabiné, accompli avec force, conclut sa pénitence.

J'en profite pour venir m'asseoir sur la chaise contiguë à la sienne.

— Vous permettez, chère madame ? susurré-je.

Elle se méprend.

— Non ! fait-elle d'un ton d'imploration, j'ai suffisamment péché aujourd'hui ; le chanoine est membré comme un Turc et m'a pratiquement défoncé le pot. Au temps où j'arpentais le bitume, avant de me retirer du ruban, Dieu sait que je m'en suis engouffré des baths dans la moniche, mais je crois qu'en ce jour de saint Batracien, le Seigneur m'a accordé le plus chouette chibre de ma vie.

Elle a un regard de supplication et de reconnaissance mêlées en direction de l'autel.

— Notez que vous êtes bel homme, monsieur, avec des yeux qui annoncent la couleur ; mais franchement, le gros chanoine m'a tellement ramoné le derche que je vais devoir prendre un bain de siège

prolongé avec un sédatif dedans pour me désen-
flammer le réchaud. Cela prouve, voyez-vous,
qu'on peut servir le doux Seigneur et conserver de
quoi expédier une frangine à dame ! Ah ! le salaud,
sauf le respect que je lui dois, j'ai cru qu'il allait me
faire craquer la boîte à ouvrage ! D'autant que son
outil n'est pas d'un départ un tant soit peu effilé !
Non, non, tout de suite c'est le méchant butoir de
chemin de fer ; le battant de cloche. Il l'a d'ailleurs
en bronze, ce bon prêtre ! Qui m'aurait dit qu'avant
de mourir je connaîtrais le fleuron de ma collection
de bites !

« L'existence est pleine de surprises. J'étais là, en
prière. Implorant le ciel pour l'âme de mon vieux
papa, bien qu'il m'ait déflorée quand j'avais dix ans
et que je l'ai laissé crever à l'hospice, en représailles. Et puis ce bon prêtre arrive, avec son sourire
miséricordieux et son chibre de cannibale... Vous
me direz pas que la volonté du Seigneur n'est pas
infinie, non ? Un chpatz aussi monumental, pour
un homme d'Église, c'est bien une idée de la Providence, ça, non ? Et l'autorité avec laquelle il s'en
sert, le saint bougre ! La manière qu'il a de préparer son pilon à aïoli en le massant après s'être mou-
ché dans ses doigts. On sent la technique de
l'homme vigoureux qui connaît toutes les recettes
pour caser son énorme écouvillon en causant le
moins de douleur possible. Un expert en la matière,
croyez-en une femme d'expérience qui en a vu
défiler des chouettes sous son porche à crinière.

« Il m'a démantelée, je vous dis ! Sans brutalité,
presque en volupté, si vous voyez où je veux en
venir ? À mon âge, il est rare qu'une femme mouille
encore : on se déshydrate, avec le temps. Même si

on est grosse, on s'assèche de la figue, kif si le frifri
ne suivait pas, ne connaissait plus le désir. C'est
pourquoi le chanoine m'a lubrifiée comme il a pu.
Mais une fois en situation, je vous prie de croire
que j'ai retrouvé mes humidités de jadis. Un retin-
ton, côté glandes. Le miracle, quoi ! C'est que je
vais sur mes quatre-vingt-deux ans ! »

Elle se tait pour mieux réfléchir ; puis, tout à
trac :

— Cela dit, mon petit, si je vous inspire, on peut
prendre rendez-vous pour la semaine prochaine ;
d'ici là les dégâts causés par la surchauffe seront
colmatés ; d'autant que si on prévoit la chose, je me
munirai de vaseline ou tout autre adoucisseur.

Je fais mine d'étudier sa propose, soucieux de ne
pas désobliger cette chère femme.

— Nous en reparlerons, fais-je-t-il ; en attendant, je souhaiterais vous poser une question.

— Si je puis y répondre...

La bonne volonté sous toutes ses formes, décidément.

— Il y a longtemps que vous étiez dans l'église,
chère madame ?

— Assez : j'étais venue pour réciter un chapelet
et il ne me restait plus que trois grains lorsque le
bon père m'a proposé la botte.

— Auriez-vous, malgré votre grande piété,
remarqué une pénitente venue à confesse : une
femme blonde portant un imperméable bleu ?

— Si fait, répond la chapeleuse ; elle est d'ailleurs toujours en prière dans le confessionnal : il y
a des natures comme ça qui ont la pénitence inta-
rissable.

— Quand elle est arrivée, se trouvait-elle seule
ou accompagnée ?

— Seule.

— Pendant qu'elle libérait sa conscience, quelqu'un s'est-il approché d'elle ?

— Non, personne. Pourquoi ?

— Rappelez vos souvenirs, chère madame. Vous êtes certaine qu'elle est restée seule avant sa confession ?

— Rigoureusement seule ! déclare l'ancienne videuse de testicules professionnelle.

Elle ajoute après un silence surpris :

— Pour quelle raison me posez-vous cette question ?

Comme je m'abstiens de lui répondre, elle me fait gentiment :

— Je suis très intriguée, vous savez ?

— Pas tant que moi, lui assuré-je en m'écartant de son prie-Dieu.

4

SI T'AIMES LA BOTTE,
ACHÈTE-TOI DES RADIS

Il arrive enfin, le Flamboyant, et sa chevelure d'incendie met une brusque lumière dans la sombre église, ridiculisant la lueur des cierges.

J'avais oublié que ce pur Lyonnais est très imprégné de la religion catholique. Le porche franchi, il va plonger l'extrémité de ses doigts de droite dans le bénitier afin de se signer en mettant toute son âme dans ce geste croisé ; puis il remonte lentement l'allée centrale et, parvenu à la table de communion, s'agenouille sur les froides dalles pour une petite prière télescopique récitée avec ferveur.

Ce rituel accompli, il sort de sa piété, histoire de regarder autour de soi. Bérurier lance un coup de sifflet à la voyouse, qui indigne le Rouquemoute après l'avoir fait tressaillir. Il nous avise et se pointe à pas d'onction près du confessionnal.

— Que faites-vous tous dans cette église ? s'insurge Mathias-le-Pieux. Vous n'avez donc pas d'autres lieux pour vos rencontres ?

— Nous, si, réponds-je, mais c'est madame qui avait rendez-vous avec la mort, comme on dit dans les romans policiers à injection directe.

Et de lui montrer la mortifiée dans sa posture insolite.

Il va au plus pressé : signedecroise à nouveau et s'approche.

— Elle a commencé de bredouiller quelque chose, puis elle est décédée dans la posture que tu vois. On va te laisser investiguer tout ton chien de soûl, Blondinet. Pendant ce temps, nous nous rendons à la cure, bavarder avec le bon chanoine qui assume cette paroisse. Tu vas nous dresser un rapport extrêmement fouillé de la situation. J'espère que tu as à cœur de venger un sacrilège d'une telle magnitude !

Il fait comme le cheval : il opine.

*

* *

À les voir réunis, on jurerait deux frères. Je suis prêt à te parier un préservatif pour tête de nœud contre une montre éolienne qu'ils originent du même pays normand, le vrai et le faux chanoine. Ces pommettes résultant de plusieurs générations vermillonnées au calva, ce regard bonnasse et matois à la fois, cette bouche jouisseuse en disent plus long qu'un incunable, sur leur lieu de provenance. Au reste, ça ne traîne pas. En moins de jouge, le chanoine lit le pedigree de Sa Majesté sur sa frime boursouflée dont les joues se parent d'une crépine violette.

Il pointe sur ce confrère équivoque un index désignateur et déclare, d'une voix sourde, pleine de passion contenue :

— Toi, tu es un Bérurier de Saint-Locdu-le-Vieux !

— Sifflet, sifflet, Votre Éminence, bagatouille le Monstrueux, stupéfait. Comment avez-vous-t-il deviné ?

Mais son terlocuteur continue :

— Vous aviez la ferme de Bonnegagne, tes parents et toi ?

— Exaguete, fait l'Abasourdi. Comment t'est-ce vous savonnez cela, Monseigneur ?

Et le brave chanoine, non sans un brin de théâtralité :

— Je suis un Dubraque-Mongros, du Vivier.

— Toi ! Vot' Saint'té ! abasourde le Mastard. Si j'peuve comprend' : ton père ce s'rait l'Ernest-Raz-le-cul, l'adjoint z'au maire d'Saint-Locdu-le-Petit ? Çui qui couchait av'c sa sœur ?

— Ce détail est toujours resté litigieux, assure *les clés s'y astiquent,* et comme mon père et ma tante son décédés, il est préférable de le passer désormais sous silence.

Bérurier en a les larmes aux yeux.

— Un pays ! murmure-t-il en considérant le prêtre. Note qu'on m'avait dit qu't'avais fait curé en sortant d'la maison de correquetion, mais j'croiliais à des bobards...

— Ben non, tu vois, Alexandre-Benoît.

— Tu te rappelles mon prénom ? s'extasie l'Obéseur.

— Il était suffisamment célèbre dans la contrée : Alexandre-la-Grosse-Queue ! Les femmes, jeunes ou vieilles, baissaient le ton pour parler de tes prouesses. Les hommes te respectaient, même les matamores du pays ! Si je te disais qu'à cause de toi j'ai failli mal tourner ?

— Toive ? balbobèche Sandre. Ah ! vouive, c'est vrai qu't'as été en taule d'redressement pour avoir estourbi Émilien Verdubout, l'facteur, dont tu voulais y chauffer sa p'tite sacoche des mandats. S'l'ment t'as pas cogné assez fort et c'con-là t'a r'connu. T'avais quel âge ?

— Presque dix-sept ! fait le chanoine.

Il est devenu grave et triste. Il murmure :

— Ma mère est morte de chagrin, ce qui m'a complètement transformé. Dès lors je me suis voué à Dieu et à mon prochain.

Une brillance passe dans son regard de saint homme.

Le Mammouth lui prend l'épaule.

— Les dessins du bon Dieu sont kif ceux de Picasso, assure-t-il à son « pays » : on y entrave que pouic, mais faut pas chercher à comprend'.

Ce renouage étant effectué entre les deux anciens amis, je juge opportun de me manifester et mets le prêtre au courant des derniers événements. Il sursaille en apprenant qu'une pénitente s'est fait estourbir dans son confessionnal.

— Seigneur ! dit-il sourdement. Sans doute était-ce moi qu'on voulait atteindre !

— Qu'est-ce qui vous le donne à croire, mon père ?

— N'ai-je pas été victime d'une agression ? demande-t-il en caressant le fort pansement qu'il porte sur la nuque.

Je ne réponds pas.

Alexandre-Benoît Bérurier (de Saint-Locdu-le-Vieux) laisse tomber :

— C'est-il qu't'aurais des ennemis, mon révérend ?

L'interpellé le regarde, indécis :

— Sans m'en douter, mais j'en ai nécessairement puisque l'on m'a déjà tiré dessus dans le cimetière.

— Tu voives pas ce dont ça pourrait t'êt' ?

— Absolument pas. Peut-être ai-je éveillé la haine d'un détraqué avec mes sermons à l'emporte-pièce ? J'appartiens au clergé-grande-gueule, Sandre. Des années d'une vie rude en compagnie de gars pas faciles ont sans doute déclenché des ressentiments dans un esprit vacillant. Il faut bien qu'il y ait quelque chose de ce genre, sinon à quoi rimeraient ces gestes homicides ? Où est la malheureuse dont vous me parlez ?

— Dans votre confessionnal où le directeur du Laboratoire de police technique procède aux constatations, dis-je.

Le curé se dresse :

— Je vais lui porter le secours de mon ministère !

— Ton ministère, tu peux te l'accrocher aux noix ! assure son pays ; dans l'état qu'est la pauvrette, c'est pas tes prières qui la ranimera.

5

À BON CHAT, BON RAT

— Vous la connaissez, mon père ? demandé-je en désignant la femme assassinée.

— Du tout, répond le chanoine. Je ne crois pas l'avoir vue, que ce soit à l'église ou ailleurs.

Le Rouquemoute s'est écarté pour laisser la place au prélat. Il a son visage tendu des instants de cogitation extrême. Il sait que c'est sur ses premières constatations que repose le départ de l'enquête. S'il se plante dans ses déduisances, il risque d'orienter la machine policière (comme on dit puis) sur une voie de garage. En ces moments, je m'abstiens de le questionner. Il convient de laisser ses méninges cheminer au trot attelé. Surtout ne pas l'ensuquer par des considérances tempestives.

Le Noirpiot chuchote :

— Les copains de l'Identité judiciaire vont arriver.

— Il faut laisser le champ libre au Rouquemoute jusqu'à ce qu'il ait terminé ! tranché-je.

— O.K.

On fonctionne à cru, à bref. Pas besoin de longs discours. Nos cerveaux sont en train d'user de la matière grise à tout va. Pinaud s'est écarté de nous

pour faire une promenade de santé dans l'église.
Béru qui a limé trop fort Marie Couchetoilat la
repentie, ronfle à l'écart sur un prie-Dieu, les
jambes allongées. Il a les mains croisées sur sa
bedaine et sa braguette est ouverte comme les
portes d'un cinoche à la fin de la séance. Il loufe
en dormant, par saccades intestinales qui donnent
à craindre pour son bénoche.

Le brave chanoine vient s'abattre auprès de lui,
mais à genoux. Il prie en force pour le salut de
l'âme qui s'est envolée de ce confessionnal. C'est
un gonzier bâti à oxyde de calcium et à roche sédi-
mentaire meuble (1) que rien ne détourne de la
voie qu'il s'est tracée après quelques errements de
départ. Ce que j'appelle « une belle âme ». Si Dieu
existe, Il doit préférer ce genre de serviteur baroudeur aux culs soutanés évasifs qui glissent comme
des ombres noires. Le « pays » du Mastard sent l'ail
quand il rit et le civet de lapin quand il loufe ; mais
il clame la bonne parole et engendre l'amour de la
vie.

Je contemple les deux Normands de rencontre,
si vrais, si intenses, si généreusement dévolus l'un
et l'autre au salut de l'homme, mais sous des formes
totalement différentes. Ils inspirent confiance, l'un
en priant, l'autre en roupillant.

Le sacristain a disparu. L'église sent la chandelle
et le vieux bois et puis, plus confusément aussi,
l'encens.

Du temps s'écoule, qui n'a aucune réalité, donc
aucune importance. Une lumière jaspée tombe des

_____
(1) Façon san-antoniaise d'employer l'expression : bâti à chaux et
à sable.

vitraux. Dieu n'a nul besoin de fastes, et cependant (d'oreilles) les hommes s'ingénient à Lui bâtir des édifices rivalisant de grandeur et de pompe, oubliant que les premiers offices se déroulaient dans des lieux très modestes. La plus immense des cathédrales, la plus gigantesque des mosquées n'assurent pas la gloire du Tout-Puissant. Lui, Il a la voûte céleste, la lumière du soleil, les chaînes montagneuses en guise de colonnes du temple. De l'étable de Bethléem à Saint-Pierre de Rome, que de malentendus entre Lui et nous !

Je navigue facile sur l'océan de mes méditations. « Toujours ça que les Boches n'auront pas ! » disait grand-mère à tout (et hors de) propos. Ce que tu « penses pour toi », c'est autant de gagné pour les autres. Gamberger ne fait chier personne et peaufine ton intimité avec toi-même.

Et puis une main m'empare le coude. Celle du Rouillé.

— T'as fini de faire tes besoins ? je l'interroge.

Opinage recueilli du Lance-flammes.

— Alors ? le pressé-je.

— Bien sûr, ce que je vais te dire est sous réserve d'examens plus complets !

— Épargne-moi la préface, Rouillé, et déroule !

— Cette femme est morte d'une piqûre très légère qui lui a inoculé une infime dose de poison plus que violent : un probable dérivé du bigzob expansé.

— Quelle genre de piqûre ? Pas faite avec une seringue en tout cas ?

— Grands dieux non ! J'opterais pour une flé-chette minuscule provenant d'une sarbacane, ou quelque chose de similaire.

Je réagis :

— Écoute, Blondinet, le rideau du confessionnal était fermé, et, tu l'auras remarqué, il est en rude étoffe comparable à de la toile de sac. Ta putain de fléchette n'aurait pas pu le traverser, et quand bien même, il aurait fallu tirer au jugé sur une cible invisible. C'est impensable et con !

Mathias se signe en deux exemplaires.

— Ne profère pas de gros mots dans un lieu saint ! chuchote mon éminent collaborateur.

— Pardon : je ferai pénitence. Alors ?

— La victime n'a pas été atteinte dans le confessionnal mais vraisemblablement avant d'y pénétrer. Je pense que la fléchette lui a à peine causé la sentation d'une piqûre de moustique car elle était enduite d'un produit qui neutralisait la douleur.

— Comment se fait-il qu'elle ne soit pas restée fichée dans la chair ?

— Son empennage devait être quelque peu lesté afin qu'elle tombe sitôt son but atteint. Mais encore une fois, tout cela s'est effectué avec des éléments miniaturisés, le tout probablement moins gros qu'une mouche. La victime a éprouvé un léger picotement. Le temps de porter sa main à la joue, la chose ne s'y trouvait plus. Sans doute cette femme se tenait-elle immobile, dans le recueillement qui précède la confession. Elle a pu gagner le confessionnal et s'y agenouiller avant que le poison ne la terrasse.

— C'est dans un vieux fascicule de la série « Le Masque aux Dents blanches » que tu as dégoté ce scénario à la con, Rouquemoute ?

Il hausse les épaules.

— Je n'en suis pas l'inventeur, répond-il. Tu m'as demandé une analyse de la situation, je te la donne.

Je pose ma dextre fraternelle sur son épaule.

— Et je t'en remercie, mon grand cierge de basilique. Donc, ce n'est pas accidentellement que cette femme a été atteinte ?

— Sûrement pas ! Pourquoi cette question ?

Je lui narre l'attentat manqué contre le chanoine.

— Tu comprends, Xavier, j'ai envisagé un instant que c'était le père Dubraque qu'on avait pris pour cible et que sa pénitente avait été touchée par erreur.

— Tu peux bannir cette supposition de ton esprit, Antoine. C'est bien délibérément qu'on a trucidé cette malheureuse.

— Tu as pu l'examiner ?

— Superficiellement ; je ne suis pas médecin légiste. C'est une personne de cinquante ans qui, dans son jeune âge, a été gravement brûlée à la base du cou et au sein gauche. Contrairement à son apparence, elle n'est pas blonde, mais brune. À signaler un détail qui ne sera pas pour te déplaire : son parapluie rétractable est en réalité un revolver camouflé tirant des balles de 9 mm.

Il me désigne l'objet sur le siège où il l'a déposé.

— Drôle de paroissienne, dis-je.

— Cette arme est pourvue d'un silencieux, ajoute mon vaillant auxiliaire.

— Étrange accessoire pour venir à confesse, apprécié-je-t-il.

Et puis je me cabre, comme M. Jacques Chirac quand, promenant son chien dans la campagne périgourdine, il avise le portrait de M. Balladur sur le morceau de journal coiffant un étron rural.

— *I understand*, mec ! je m'exclame-t-il.

— Vraiment ? dit Van Gogh d'un air dégoûté.

— Cette femme ne se trouvait pas dans le

confessionnal pour se libérer de ses péchés, mais au contraire pour en commettre un de grand style.

— L'assassinat du prêtre ? devine mon collaborateur éminent.

— Exactement ! j'exulte. Seulement *quelqu'un veillait* qui l'a neutralisée avant qu'elle mette son projet à ...exécution.

Rétrospectivement (saluons au passage ce demi-alexandrin en forme d'adverbe) je frémis en imaginant ce qui se serait passé si le « quelqu'un » en question n'avait fléché la tueuse.

Je me retourne pour couler une œillade affectueuse sur les deux chanoines. Le faux en concasse de plus en plus vigoureusement. Le vrai termine sa prière, dite pour le repos de l'âme de celle qui rêvait d'être sa meurtrière. Surprenant mon regard attendri, il en profite pour me gratifier d'une bénédiction de fort calibre.

Ça ne peut pas me faire de mal.

6

LA FENÊTRIÈRE

Et puis les julots de l'Identité se sont pointés, et aussi une ambulance. Le chenil habituel. J'ai laissé la « technique » s'expliquer, confiant à mon brave Mathias le soin de coordonner tout ce bigntz. Nous nous sommes rabattus sur le presbytère, mes drôles et moi.

Le chanoine Dubraque a sorti d'un placard mural une bouteille de calva qui avait plus de carats que la mère Couchetoilat. Il tenait à fêter cette divine rencontre avec son « pays », le fameux Bérurier, dont le membre avait révolutionné toute une contrée en leur jeunesse. Les compères ont asséché les deux tiers du flacon, abandonnant le reste aux visiteurs « étrangers » que nous étions, Pinuche, Jérémie et ma pomme (à cidre).

On regardait « mûrir » gentiment les Saint-Locduciens. Leurs souvenirs affluaient. Il leur en venait de partout. Des attendrissants qui racontaient les vergers normands dans la brume, et puis des épiques où il était question de luronnes fermières géantement sabrées. À son jeune âge, il y allait vachement de la rapière à bout rouge, le brave clésiastique. Il répétait que, depuis son ordination, pas une seule fois il n'avait commis le péché de chair, ce qui lui donnait le droit d'évoquer ses fredaines d'avant. Un long conciliabule avec le Seigneur l'avait fortifié dans la certitude que ses parties de cul « antérieures » à son sacerdoce comptaient pour du beurre (de Normandie, le meilleur). De cela, Dieu lui en avait donné l'assurance, alors il y allait comme un grenadier, sur ses troussées de l'époque païenne, le doux chéri. L'alcool soutenant, il ne faisait pas mystère des calçages perpétrés sur la fille Marchandise, la videuse de burnes du canton ; non plus que de la manière dont se laissait niquer la veuve Delorge. Une terrible engouffreuse de braques qui se faisait prendre « tout debout », à l'échassier, la jambe droite repliée, les mains nouées sur la nuque de son cosaque.

— Et dis-moi, Finfin, coupait le Mahousse, ça te manqu' pas, ces chouettes enfilades ?

— Pas du tout ! assurait le prêtre. Elles ont disparu de mon existence sacerdotale. Je me les remémore comme si elles concernaient un gaillard que j'aurais connu jadis, mais qui n'a plus rien de commun avec moi.

— D'un sens, j't'admire, soupirait Béru, mais d'l'aut' sens j'te plains. S'réveiller av'c un mortier à aïoli et n'plus s'en servir qu'pour licebroquer, ça doive êt' une terrib' épreuve. Si j's'rais entré dans les ord', j'eusse passé ma vie à confesser mes embrocades ; y eusse fallu qu'j'l' fisse par téléphone, aut'ment sinon j'aurais plus eu d'temps à consacrétiser à mon ça-sert-d'os.

Maintenant que la quille de vieux calva est nasée, je décide la dislocation du cortège. Mes hommes s'esbignent les premiers, ma pomme suivra bientôt ;

regroupement à la Maison Pébroque dans une paire d'heures.

Dociles, ils s'émiettent, et me voilà en tête à tête avec le chanoine.

Il dit :

— À quelque chose malheur est bon ; ce drame m'aura permis de retrouver Alexandre-Benoît...

J'acquiesce du menton.

Puis, me décidant :

— J'ai vu que vous aviez un vicaire ?

— Un très chic type : dévoué et infatigable !

— Tant mieux, soupiré-je.

Mon terlocuteur sourcille, pressentant que cette simple réflexion annonce une idée maîtresse non encore développée.

— Pourquoi ? questionne-t-il.

— Il va pouvoir vous remplacer quelque temps.

— Quelle idée ? gramone le Saint-Locducien de rencontre. Il n'est pas question que je m'absente !

— Si, mon bon chanoine, et fortement.

Dès lors, ne me reste plus qu'à beurrer la tartine de sa curiosité, comme me disait l'autre jour M. Giscard d'Estaing (presque de l'Académie française) que j'ai rencontré dans un studio télévisuel où nous tentions de promouvoir nos conneries respectives.

Je me mets à lui dresser un tableau précis, donc noir, de la situation, à savoir que deux groupes d'individus (voire deux individus seulement) s'attachent, l'un à sa perte, l'autre à son salut. Je lui révèle que la morte de l'église s'apprêtait à exécuter son confesseur (qu'elle supposait être Dubraque) lorsqu'on l'a butée. Le « pays » de Sandre paraît médusé.

— Mais sacré bordel à cul, laisse-t-il échapper,

que me veut-on ? Que représenté-je, moi, pauvre
missionnaire sur la touche, pour devenir l'enjeu
d'une guerre secrète ?

Sa stupéfiance n'est pas feinte. Je m'y connais
suffisamment en hommes, fussent-ils curés, pour
détecter les accents de la sincérité dans sa rude
exclamation.

— C'est ce que nous allons nous attacher à
savoir, réponds-je. Nous y parviendrons, je vous le
promets. Venez avec moi !

Je l'embarque jusqu'à l'église où mes aimables
chosefrères continuent leurs examens minutieux.

— Je peux disposer du confessionnal, les gars ?
demandé-je.

Ils opinent à couilles et têtes rabattues.

— Mathias, dis-je, passe-moi l'arme camouflée
dans le pébroque de la morte.

Mon ami s'exécute. J'enfile un gant de pécari
(j'en mets parfois en conduisant, manière de frimer
devant une greluse) et pénètre dans le logement
qu'occupait la femme empoisonnée. Je place
l'extrémité du canon contre la grille de séparation
et presse la détente. Malgré le silencieux, ça produit
un certain badaboum dans l'église. Très digne, je
quitte le logement de pénitence et rends l'arme au
Rouquemoute aussi ahuri que nos collègues. N'en
plus, il est indigné par ce nouveau geste sacrilège
dans un tel lieu.

— Mon père, fais-je au chanoine, vous avez été
grièvement blessé par une balle tirée à bout portant ; heureusement, vos jours ne sont pas en danger. On va vous faire un pansement à la tête, arrosé
de mercurochrome, pour que ce soit bien dramatique, et vous évacuer en ambulance. Pour l'amour
de ce Dieu que vous servez si bien, je vous demande

de jouer le jeu pendant tout le temps qui sera néces-
saire : on vous apportera votre missel, vos lunettes
et votre calva personnel ; pour le reste, vous n'aurez
qu'à regarder la télé puisque les petites infirmières
ne sont plus gratifiantes pour vous.

— Putain de merde, vous vous croyez dans un
film d'après-midi au scénario débile ! bougonne le
digne pêcheur d'âmes. Ça fait vingt ans qu'on a
cessé de tourner des idioties pareilles !

Je réfrène dur-dur. Un cureton, je peux pourtant
pas le traiter de ce qui m'afflue à l'esprit en ce
moment !

— Laissez-moi tâter des vieux poncifs, lui dis-je
sèchement. S'il est avéré que c'est en pure perte,
vous pourrez me traiter de con.

— Je vous verserais volontiers un acompte, bougonne cet irréductible.

7

LA POUDRE D'ESCAMPETTE

— Il me semble que je vous connais, docteur ?
fais-je à la délicieuse blonde aux yeux myosotis qui
me reçoit dans son burlingue de la clinique Ely-
troïde, de Ganache-sur-Seine.

Femme accorte, disaient mes conconfrères de
jadis qui chiaient pas la honte. Cheveux châtain
clair, bouche faite pour le « oui », fines rides avant-
coureuses autour des lotos, histoire d'annoncer ses
profitables heures de vol, enrichissantes au plan de
l'expérience. Le corps admirablement entretenu :
régime strict, body-mon-cul, la lyre... La chatte ren-
flée, comme j'aime à la folerie. Elle se tient acca-
gnardée contre l'angle de son bureau, lequel lui
rentre dans le michier ; mais j'ai mieux que ce coin
de meuble à lui proposer. Sa blouse blanche est
écartée, sa jupe portefeuille idem. Collants fumés
avec des motifs noirs qui montent à l'assaut de ses
Grandes Jorasses. Je pourrais rester des heures à la
regarder, en rêvassant du paf. Ne jamais négliger
sa félicité physique, c'est elle qui conditionne ton
caractère ; elle te rend davantage apte à supporter
les autres et leurs mesquineries.

Je sais un type qui consacre beaucoup à ses fantasmes. Il raconte volontiers l'histoire du bien-être poussé jusqu'au délire : se faire pomper le grognard par une souris qui a le dessus de la tronche très plat, afin de pouvoir y poser son verre de scotch, et à laquelle on a pratiqué une trachéotomie, ce qui fournit un léger courant d'air sur les aumônières, en cours de fellation. Ne pas craindre de se montrer perfectionniste, dans l'amour comme dans le travail.

— Vous pensez ? objecte-t-elle.

— J'en ai l'intime conviction

Elle ajoute :

— C'est là une entrée en matière bien banale, sans vouloir vous vexer.

Ne croyez pas à un rentre-dedans tout ce qu'il y a de « bateau », docteur. Je suis convaincu que nos existences se sont déjà croisées.

J'ajoute :

— Mais sans s'enlacer, hélas !

Une légère moue marque son presque mépris pour cette affligeante pauvreté qui aurait laissé de marbre une servante bretonne d'avant la guerre de Quatorzedixhuit se relevant d'une méningite cérébro-spinale.

J'admets, in petto, avoir eu des traits d'esprit mieux troussés. Mais quand une connerie est larguée, il convient de l'assumer.

Cette joute à la noix de flic en rade de phosphore ne fait pas son blaud. C'est une doctoresse suroccupée qui n'a rien à branler de mes « bons mots » à la manque.

— J'aimerais que nous revenions à nos moutons, dit-elle sèchement. Vous désirez que nous hospitalisions ce prêtre, dont la blessure n'est que superficielle, et le logions dans une chambre double en compagnie d'un garde du corps ?

— Admirable résumé, souris-je.

Elle pince les lèvres.

— Cette clinique n'est pas un lieu fortifié destiné à héberger des personnes menacées d'autre chose que de maladie !

Dis, pas avec ma pomme, la gaufrette ! Si elle se met à me chambrer, ça risque de chier des bulles carrées d'ici un peu moins de pas longtemps.

J'oublie ses jambes avenantes, son pétrousquin qu'engendre pas la neurasthénie, ses loloches en forme de lance-missiles, ce beau regard couleur des mers du Sud dans lequel on ferait naviguer ses désirs, comme l'écrit dans son livre la comtesse de Lutèce, laquelle a un beau brin de plume à se foutre dans le cul.

Oui, foin de cela. Place à la rogne du mec Sana.

À quoi me servirait de m'être hissé là où je suis, d'écrire des ouvrages menacés du Grand Prix de l'Académie française, d'avoir dans la partie supérieure de mon bénoche un chibre de vingt-cinq centimètres hors tout, si c'est pour me laisser traiter en lavedu par une bêcheuse à parchemin ?

Je la contemple de ces lotos implacables qui ont déjà souillé tant et tant de fonds de slips. Un sourire plus atroce qu'une crise de coliques néphrétiques me vient. Un fort coup de chalumeau balaie sa frite pincée.

— Disons que c'est un service que nous eussions souhaité que vous nous rendissiez, docteur.

— Un établissement comme le nôtre n'est aucunement qualifié pour « rendre des services », rétorque-t-elle.

C'est très exactement à partir de ce paragraphe

que le fabuleux Santantonio perd le contrôle de son self.

— Écoutez, ma jolie dame, un établissement comme le vôtre avait encore à sa tête, il y a moins de trois mois, un vieux professeur qui a failli se faire foutre au ballon pour une délicate histoire de factures trafiquées ; il se trouve que la fée Marjolaine, je crois me rappeler que c'est elle, en avait fait l'ami d'enfance de mon ancien directeur. Bien que ça ne soit pas dans les mœurs de notre chère Grande Maison, on est parvenus à lui éviter la correctionnelle de justesse. Si Paris vaut une messe, un coup de main de cette magnitude vaut bien un service de la part d'une clinique dont nous avons préservé la réputation, non ? Ou je me fais des illuses ?

À mesure que je parlais, son visage a changé d'expression. Dans son regard bleu d'infini passent d'étranges lueurs. Je le soutiens, nez en moins, non sans laisser glisser un pacsif gros commak d'ironie exacerbée.

— En somme, fait-elle, vous venez chercher le séné ?

— Quoiqu'un peu littéraire, la formule est juste, conviens-je-t-il.

Nouveau regard acéré de la nouvelle dirlotte qui ferait exploser un camélon posé sur un tartan écossais.

Au lieu de répondre, elle dégoupille son tubophone à conneries modulatoires.

— Gervaise ? elle demande.

L'héroïne de *l'Assommoir* doit acquiescer car ma vis-à-vise enjoint :

— Venez me trouver ; il s'agit d'une admission... particulière.

8

GONDOLANCES ÉMUES

— Je profite de cette hospitalisation pour soigner ma mémoire, m'avertit Pinaud, deux jours plus tard, au cours de la visite que je rends au chanoine. J'avais remarqué des défaillances dans mon esprit, de ce côté-là. Elles m'amenaient à occulter des éléments essentiels. Ainsi, je pourrais te réciter toutes les grandes dates de la Révolution française, de 1712 à demain après-midi, et oublier mon numéro de téléphone. Une délicieuse orthophoniste vient chaque après-midi me faire travailler. Une petite rousse avec d'exquisses taches de rousseur et une culotte verte assortie à ses yeux. Mes progrès vont à pas de géant. Je vais te montrer.

Il prend sur sa table de chevet une feuille où s'alignent deux colonnes de mots, m'explique qu'il s'agit pour moi de prononcer le premier, lui, récitera celui qui lui correspond. Ainsi, si je demande : « La cage ? », il devra répondre « L'oiseau ».

Pour lui faire plaisir, et tandis que son compagnon de chambre défèque à grand bruit dans la salle de bains attenante, je me livre à son jeu.

Je lis :

— Le puits.

Il récite :
— Le seau.
J'enchaîne :
— Le filet.
Et Pinuche :
— Le pêcheur.
Je poursuis :
— L'arc.
— La flèche ! lance-t-il en écho.
— La niche, bâillé-je.

Mais il ne répond rien. Son regard est engagé dans l'insondable.

— La niche ? réitéré-je.

Il se gratte le menton, qu'il possède pointu comme un croupion de coq, soupire :

— Attends !
— Le chien ! lui soufflé-je.
— Non, on arrête.
— Qu'est-ce qui ne va pas ?

Un grand bruit de cataclysme intestinal nous arrive des chiches. M'est avis que le chanoine de choc est en bisbille avec son gros côlon.

— J'avais totalement oublié la chose, fait mon vieux camarade de tranchées en grattant son maxillaire droit qui lui donne des airs de brochet.

— Quelle chose, Pépère ?

— Dans l'église, juste avant que nous ne repartions, j'ai exploré minutieusement le sol et j'ai découvert un truc intéressant, très intéressant, même. Tu veux bien, Antoine, fouiller les poches de ma pelisse accrochée au portemanteau ? Tu y trouveras une boîte de cachous Lajaunie.

Je vais, trouve la boîte qui, biscotte sa légèreté, me semble vide, et l'apporte à la Gâtoche.

Au lieu de faire pivoter le couvercle pour que les

deux petites ouvertures coïncident, il l'ôte en forçant un peu, puis me tend la partie inférieure.

Je regarde. Dedans, elle contient une chose menue ressemblant à un leurre pour la pêche, sauf qu'elle n'est pas incurvée mais droite.

Je m'apprête à proférer cette locution latine que lança Ève la première fois qu'elle découvrit la bistougnette d'Adam : « Qué zaco ? » lorsque je réalise ce dont il s'agit.

— La fléchette ! tonné-je.

— N'est-ce pas ? formule le Débris dont la déliquescence cérébrale s'affirme plus nettement d'heure en heure.

— Putain d'elle ! Pourquoi l'as-tu conservée ?

Pinaud penaude :

— Un oubli. Depuis mes ennuis de tension, j'occulte certains faits, en cours de journée.

Je me dis que l'heure de la retraite est dépassée pour cet être exquis dont l'inoffensance n'a d'égale que la gentillesse inépuisable.

Je délivre toute mon attention à cet objet minuscule dont l'empennage est lesté d'une olive de plomb.

— Où était-elle ? je questionne-t-il.

— Dans le tambour de l'entrée, répond le Sénile. C'est de cette zone obscure que l'agresseur l'a lancée. Il existe, à cet endroit, une ouverture étroite donnant sur l'escalier menant à la tribune des orgues. Il était facile à la personne maniant la sarbacane de s'y embusquer et de souffler le dard empoisonné sur l'arrivante. Cette dernière n'a pas porté attention à la piqûre fugitive. Nous subissons à longueur d'existence de ces menues agressions. Je suis convaincu que la victime ne s'est même pas arrêtée. Son agresseur n'a eu qu'à s'éclipser après qu'elle soit entrée dans l'église.

— Pourquoi n'a-t-il pas récupéré la fléchette ?

— Je l'ai trouvée dans la rainure séparant deux dalles, grâce à ma puissante lampe électrique. L'assassin était pressé de disparaître, ne l'oublions pas.

Brave Pinuche.

— C'est tout de même un monde que tu aies attendu trois jours pour parler de cette pièce à conviction capitale, Pinuche.

— Je sais, fait le Ganacheur de charme, je sais. J'ai tu ma trouvaille sur l'instant parce que tu étais avec tous ces gens de l'Identité judiciaire. Et puis j'ai oublié, Antoine... Tu penses que je devrais faire valoir mes droits à la retraite ?

Doux chéri ! Vieil amour délabré qui ne saurait plus vivre sans son métier. L'argent qu'il possède ne servirait pas à le distraire. Il lui faut les potes, l'odeur de la poulaillerie, l'excitation d'une enquête avec, de temps en temps, en corollaire, un danger bien juteux. Tu sais qu'il continue de défourailler comme un grand, mon Pinoscoff, dans les cas critiques ? Il sucre les fraises pour rallumer sa cousue, mais il reste capable de craquer le genou d'un truand d'une bastos tirée à vingt mètres ! C'est le vieux bourrin de mine, César. Avec son bandeau sur les lotos, tirant le wagonnet de notre labeur le long de sombres galeries.

— Tes droits à la retraite, vieux connard ? C'est tout ce que tu trouves à me déballer comme excuse ? Mais tu deviens fétide de la pensarde ! Huileux du cervelet ! Tu as tellement envie d'aller traîner ton triste cul sur les banquettes de ta Rolls de lord anglais ? Avec une shampouineuse qui te

tripoterait mélancoliquement la prostate en te
disant qu'elle t'aime parce que tu es le glandeur le
plus irrésistible qu'elle a rencontré ?

Naturliche, le voilà qui se met à pleurer ; à me
dire qu'il m'adore, que je suis le plus grand et le
plus sympa, le plus beau aussi, toutes choses que je
savais déjà.

— Je conserve ta boîte de cachous, dis-je en y
replaçant la fléchette.

Là-dessus, le chanoine Dubraque sort des
cagoinsses en nous apportant une brise de chiottes
pas piquée des hannetons. Il est vêtu d'un pyjama
rayé qui le fait ressembler à Chéri Bibi, inrasé,
impropre, et pour tout dire d'une apparence plutôt
calamiteuse, peu en rapport avec son rang et son
ministère.

— Ah ! vous voilà ! gronde le digne homme.
J'espère que vous venez nous apporter une bonne
nouvelle ; c'est pour quand, la quille ?

— Bientôt, réponds-je avec une grande évasi-
vité.

Ça l'enrogne.

— Vous vous figurez que je vais me morfondre
encore longtemps en compagnie de cette vieille
banane blette ? On attend quoi ? La saint-glinglin ?
Eh bien moi, je vais vous annoncer un truc, l'ami :
demain, je mets les bouts ! Vos combines de piège
dont je suis paraît-il l'appât, j'en ai rien à foutre,
l'ami ; est-ce que je me fais entendre ? J'articule
suffisamment ? Vos lubies policières, l'ami, vous me
permettez de vous dire ce que j'en pense, là, les
yeux dans les yeux ?

Il hurle d'une voix qu'on prend pour héler un
passeur d'une rive à l'autre de l'Amazone :

— Elles me font chier, vos lubies, l'ami ! Les Pieds Nickelés, c'est plus de mon âge !

Là-dessus, il se jette sur son lit d'hôpital et met rageusement son oreiller sur sa tête afin de bien signifier qu'il rompt tout contact avec nous.

Pinaud le Mansué m'adresse un sourire solliciteur d'indulgence.

— Il faut le comprendre, me chuchote-t-il ; le chanoine est un homme d'action qui supporte mal notre inaction. Quand il ne prie pas, il profère des jurons dont j'ignorais la plupart. Il a été furieux de la place que les médias ont accordée à l'événement. Tu as vu ces titres ? *Un prêtre révolvérisé dans son confessionnal ! »*, *« Le chanoine accordera-t-il l'absolution à celui qui a failli devenir son assassin ? »* Et tout le reste à l'avenant. Pour un saint homme épris d'humilité, c'est difficile à assumer. Il me répète sans trêve : « Je vais avoir l'air d'un zozo, maintenant, auprès de mes paroissiens ».

— Très bien, dis-je. Puisqu'il en est ainsi, vous sortirez demain matin, Bérurier viendra chercher son cher pays pour le reconduire à sa cure. Tchao !

Je tourne les talons. Au moment de franchir le seuil, j'entends le prêtre murmurer à son voisin de lit :

— Il est bien avancé, ce nœud ! Sincèrement, Pinaud, il y tâte, au plan professionnel ?

Ma vieille Pinasse de déclarer avec dévotion :

— Il est irremplaçable, mon père.

— Il n'y a que le bon Dieu qui soit irremplaçable !

— Le bon Dieu et San-Antonio, s'obstine César d'un ton sans réplique.

9

IL NE SUFFIT PAS D'ÊTRE CON ; FAUT-IL ENCORE QUE LES AUTRES LE SOIENT AUSSI !

Si tu veux voir une tête d'hilare, viens à la Cabane Drauper. Béru s'y trouve, en totale radiosité. Il clape un sandouiche-rillettes plus long que le pont de Tancarville et parvient à rire en même temps, ce qui lui fait vaporiser des particules de mangeaille. Il les recueille du bout de l'ongle endeuillé de son auriculaire et les réintroduit dans le cycle infernal de sa digestion.

Comme je surgis, il lance, dans une apothéose de gras postillons :

— Ah ! l'homme dont j'avais le plus envie d'rencontrerer !

N'ensuite de quoi, il avale d'une déglutition magistrale le résultat de sa mastication hâtive, en rote d'aise, hésite à trouver une rime au bruit libérateur, y renonce pour cause de chute de vent et murmure :

— J'ai un'nouvelle *for you, milord*.

— Je suis prêt à l'entendre, assuré-je.

Il considère le sandwich d'un œil cajoleur, hésite à poursuivre son féroce entretien avec lui mais, tout compte fait, me donne la préférence.

— J'ai r'trouvé l'blase et l'adresse de la gonzesse

cannée à confesse, balance-t-il, comme jadis, un sociétaire du Français virgulait la tirade de Cyrano II de Verge-braque.

Pour calmer le jeu, réduire un peu son orgueil, je demeure aussi calme que la momie de Ramsès II dans son sarcophage.

— C'est bien, dis-je seulement.

Le Mammouth assure :

— Y z'étaient tous su' l'affaire, énervés kif des morpions dans la crinière à Madonna, et c'est le gars Bérurier qui s'les a coiffés au poteau !

— La fortune sourit aux innocents, fais-je.

Il me lynche d'un regard au vitriol.

— Moui, mon gommeux, grommeluche l'Enflure, paie-toi ma fiole tant qu'tu pourras, n'empêche qu' les fesses sont là.

— Qui était cette dame ?

L'enrognage le biche. Il se lève, toujours armé de son sandouiche.

— J't'l'dirai quand tu t'foutreras plus d'ma gueule, si tant est-ce que ce jour arrivasse.

Il sort de la pièce en faisant claquer si fort la lourde que la lézarde qui la déshonore s'allonge de deux bons centimètres cubes.

Au lieu de lui cavaler au fion en clamant les excuses qu'il espère, je m'assois et pose mes pompes en autruche convulsée sur le bureau. J'admets qu'elles sont moins smart que des Weston, mais j'aime parfois donner dans le gigolpince pour bar des Champs-Élysées. Les mecs les plus conformes rêvent de niquer le bon chic bon genre pour tutoyer l'élégance du « p'tit gars qui joue l'épate ».

Et puis pourquoi réputerait-on champions de l'élégance des lavedus capables de coiffer leur *queen* et sa portée de bibis aussi stupéfiants ? Chaque fois que ces dadames du Palais sortent dans la foule, que ça soit la Bébeth II ou la grande Di, ces peaux se trimbalent des badas qui font rigoler le monde entier, moins l'Albion. Du cap Nord à la jungle indonésienne, les gens se pissent parmi quand ils avisent les gonzesses de Buquinjam affublées de leurs bitos effarants. Même à Rio, personne n'oserait en porter de semblables pendant le Carnaval. De là l'expression encore peu connue parce que je viens de l'inventer, mais appelée à un grand avenir : « Con comme une modiste anglaise ».

Une paire de minutes s'écoulent, goutte à goutte, puis l'inévitable se produit : le Gros revient.

L'événement étant programmé, il ne me surprend point. Je considère ce bourgeois de Calais, soumis et quasi implorateur de grâce qui s'avance à pas génuflexaires. Je note une longue traînée séminale sur la collerette de sa braguette. Lui souris. Tendrement. S'il pouvait virguler un louf de son anus de stentor, la beauté de l'instant confinerait au nirvana. Espoir déçu. Il reste immobile, de l'autre côté du bureau, les entrailles silencieuses.

— Alors, soupiré-je, la tempête s'éloigne et les vents sont calmés ?

Pour toute réponse, il enquille son reste de sandouiche dans la poche béante de son lardeuss, preuve qu'il se prépare pour un entretien de haut niveau.

— On cause ? demande-t-il.

— Vas-y ! engagé-je-t-il, je ferai semblant de t'esgourder.

L'homme de Gros-Moignon s'assure de la soli-

dité d'un siège avant de lui confier cette sculpture
monumentale de Maillol qu'il appelle son cul.

— Eh bien, moilà, attaque l'Obèse. Pendant
qu'les espécialistes s'énervaient su' le cadav' de la
gonzesse, analysaient ses fringues, son flingue, tout
l'ch'nil habituel, ma pomme a concerté ses efforts
su' tout' aut' chose...

— Vraiment ?

— Testuel ! J'm'ai dit : « Comment est-ce é est
arrivée dans c't'église d'banlieue, la brave dame ?
Si tu raisonn'rais, tu t'dis : l'est v'nue pour zinguer
un cur'ton. D'alors on peut penser qu'si elle aurait
mis son exécution à projet, é n'aurait rien t'eu
d's'casser subito prompto. Quand un assassin vient
d'refroidir sa victime, y n'perde pas d'temps à admirer ensuite sa collection de timb'-postes : il taille la
route fissa. Alors superposons qu'elle aye bel et
bien scrafé le chamoine. Qu'eusse-t-elle fait
n'après ? Réponse ? Elle jouait cassos dans les
meilleurs des laids. Pour cela, é n'allait pas attend'
l'autobus à l'estation du coin ou appeler un taxoche. J'm'fais-je-t-il bien comprend' ?

« J'ai poussé mon arraison'ment plus loin.
J'm'aye dit : « Quand tu t'pointes pour perpétuer
un homicide, Gros, t'as tendance à pas plastronner :
t'arrives, tu butes et tu t'tailles l'plus discrèt'ment
possib'. Donc, t'es voituré. Et ta chignole, tu la
laisses pas su' l'pare-vis d'l'église, mais discrétos,
dans une rue agaçante. » Tu m'suives-tu ? »

— D'une façon hallucinante, Gros.

Il sait que je ne blague plus, qu'il m'a ferré sec,
comme une truite quand on pêche à la mouche.
Alors, satisfait, épanoui, il repart :

— Mégnace pomme, que fais-je-t-il ?

— Tu dragues aux alentours de l'église pour chercher une tire abandonnée ? supputé-je.

— Là, j'voye qu' tu m'filoches le dur, grand. Exaguete : je pars en chasse d'une guinde, ce morninge, en m'mettant dans la peau d'un criminel. J'me dis : « Faut qu' é fût dans un coinceteau à promiscuité de l'église et qu'é n'attirasse pas la tension. » Alors m'v'là à tourner-virer dans les abordages de Saint-Firmin-les-Gonzesses. J'renouche toutes les guindes bien ou mal parquées dans un péripatétimètre assez large. Mais y en a des chiées et des chiées.

« Au bout d'une plombe, j'élime les matriculées 78, pensant qu' la meurtrière assassinée habite Pantruche. Nanmoins y en restait beaucoup d'autres. J'commençais à pisser dans mes brailles d'décourageance quand la Providence me sourille. J'voye un' propriété dont su' la grille d'laquelle y a marqué « À vendre ». L'genre vieille bicoque en décharnance aux volets d'fer rouillés, qu'le gazon du jardin s'est d'puis lulure transformé en foin. L'portail est ouvert biscotte y n'peut plus fermer. Mon instincte de perdreau me pousse. Je m'avance à l'intérieur et qu'aspers-je, planquée derrière les bransages d'un phèdre du Liban ? »

— Une bagnole ! crois-je opportun de deviner.

Le Mammouth a un sourcillement mécontent.

— Comment tu l'as su ?

— Mon sens divinatoire, Gros.

Il renifle une stalactite que la stupeur lui a sortie des fosses nasales (et non des forces navales).

— Jockey ! finit-il par soupirer, une tire en effet. Une Mercedes bleue matriculationnée en Belgique.

Il sort un parchemin gras de sa fouille et l'abat sur le bureau.

— V'là son numéro immunologique. Mais j'm'ai déjà renseigné : c'carrosse appartient à une certaine dame Ballamerdsche Irène, de Bruxelles, avenue du Bois de la Cambre.

— D'où tiens-tu ce tuyau ?

Il se fend comme une citrouille tombée de la charrette.

— Je veuille pas t'emmener en barlu, Sana, les fafs de la proprio s'trouvaient dans une poche du pare-soleil. Tiens, les v'là.

Il ajoute :

— Su' l'permis de conduire, y a sa photo, tu constatras qu'il s'agite bien d'la morte du confes-sessionnal.

Vaincu, je lui tends la large main à cinq doigts des félicitations.

10

À TOUT BERZINGUE

Toujours un grand bonheur de retrouver Bruxelles. Une autre façon d'être français, je dis. Juste assez dépaysant pour qu'on ait le sentiment de l'étranger. Un poil folklo : la bière, les frites, le style flamand ; sinon on sait qu'il n'y aura jamais de guerre franco-belge, que nos deux pays sont liés pour toujours avec cette légère pointe de raillerie qui attise les amitiés vraies.

J'ai loué une tire à la gare. Une assez large, biscotte le Gravos, qui m'accompagne. Je pouvais pas le laisser sur la touche alors que c'est sa pomme qui a levé le lièvre belgium.

Pendant le voyage en train, il a dragué à mort une forte commère flamingante au cul plus large que le pont du *Clemenceau*, avec des pommettes empourprées et une jolie barbe blonde frisottée, des yeux de faïence, comme on dit puis dans des livres astiqués avec Monsieur Propre, le tout monté sur deux piliers de soutènement capables de supporter les tribunes du futur terrain de foot espéré pour les prochains championnats du *world*. Jointes à cela, des odeurs de parfum de bazar et de charcuterie fumée mêlées. Y en avait assez pour pâmer le Mastard qu'était en rade de chaglatte depuis plusieurs jours et déplorait de la verge. Il s'est mis à chambrer la gravosse tant que ça pouvait, ulcérant une dame bêcheuse qui emmenait sa grande fille dans un pensionnat libre. À la fin, elle a fini par exploser :

« Un peu de tenue, monsieur, je vous prie, il y a une jeune fille ! »

Le Mammouth lui a rétorqué comme quoi sa pucelle ne le resterait plus longtemps avec un pareil regard viceloque qui racontait tout sur ses langueurs ; si ça se trouvait, elle s'était déjà fait disjoncter la toile d'araignée par le commis épicier, et son caparaçon joli donnait dans l'illusoire, le souvenir mignon du temps jadis.

Outrée, la dame a dit qu'elle allait porter plainte, clamait qu'il lui fallait dare-dare un contrôleur. Je suis intervenu, lui ai montré mes papiers en lui expliquant qu'elle devait changer de compartiment sinon j'allais, moi, la faire emballer à l'arrivée pour persécution outrancière. Abasourdie, la dabuche a ramassé son évasive viergeasse et a vidé les lieux. Béru n'en demandait pas davantage.

Quarante secondes après leur départ il s'est emplâtré sa grosse Flamande de première. Levrette de grand style. Combinaison subtile. Agencement de fortune, mais ingénieux, auquel participaient la tablette du repas (propice à l'accoudage de la personne) ainsi que les deux banquettes latérales. Docile, la charmante voyageuse suivait les directives du tacticien avec application. Comme elle n'avait pas encore maté la chopine au père Lustucru, elle a cru, quand il a décarré sa manœuvre, qu'il lui massait le frifri avec le poing. Elle pigeait pas. N'à la longue, elle s'est payé un jeton arrière.

A vu ! A manqué s'évanouir devant l'ampleur du membre qu'on lui dévolait (1). Je connaissais la scène. J'avais si souvent vu jouer la pièce !

Le *One man braque* de Sa Majesté appartient au répertoire. Dans un premier réflexe, la partenaire veut déclarer forfait, allègue l'impossibilité de se laisser introduire un monstre aussi *terrific*.

Alors l'homme de Gros-Moignon se fait son propre avocat. Plaide pour la nature souveraine. Dit que rien n'est impossible à l'animal qu'on est. L'orifesse est, tu sais quoi, Benoît ? Ex-ten-si-ble ! Il va le démontrer, le prouver ! Pour commencer il préparera le terrain. Pas d'oléagineux à dispose ? Et alors ? À la guerre comme à la guerre, Albert. Il existe d'autres moyens de lubrification. Il a des ressources, le corps humain, Firmin ! Tiens, vise un peu, Ninette, si, à l'issue de cette minette de veau y aurait pas déjà de l'élasticité dans les tissus ! Et après la récupération de la moutarde étalée sur son sandouiche, dont il oint la tronche de son zob, tu vas pas nous dire que ça ne donne pas de l'aisance aux entournures, Arthur !

« Ah ! brigande, tu le comprends, maintenant, que la gagne est pas loin. T'as juste besoin d'un petit coup de courage pour laisser passer la tête du convoi. Ce sera n'ensuite l'affaire de deux-trois allers et retours et mister Frifri sera devenu à peu près opérationnel.

« De quoi-ce ? Ça te brûle biscotte la moutarde ? Dame, c'est de l'Amora extra-forte ; alors, fatalement, elle n'se laisse pas oublier. Dis-toi simp'ment que si ça t'est agréable dans la clape, pourquoive pas dans la moniche ? C'est l'idée qu'on s'en fait,

---

(1) Du verbe « dévolur », 3ᵉ groupe.

ma jolie. Tu constates l'à quel point je force les feux,
'aintenant, ma gosse ? J't'vas surchauffer n'à
c'point le baigneur qu'tu croireras que j'm'ai
enduisé d'crème Chantilly. Ah ! t'arrives à composi-
tion, non ? Si la vieille morue bêcheuse s'rait
encore laguche, av'c sa fifille, elle voudrait sa part
d'bonheur, tu parilles ? C'est toujours les plus rous-
cailleuses qu'enlèvent leur culotte quand ça se met
à terpréter « Siphon sur Bien mal acquis ».

« Youyouille ! Crispe-toi pas si fort, la Belgium,
tu m'étrangles la collerette à milord ! Le coup du
casse-noisettes, je déteste pas, mais n'à c'point,
c't'un peu beaucoup ! Tu m'étouffes les roustons,
poupée ! J'ai la tringle prise dans un engrenage.
Détends-toi, beauté, rilaxe à mort qu'autrement
sinon tu m'cigognes l'andouille de Vire. Calmos,
poulette. On vaque de la moule. On n'panique pas !
C'est tout bon. Laisse-moive vagabonder du Nau-
tilus. C'est pour ton panoche, ma jolie.

« Ça y est, j'sens qu' t'assagis d'la chattoune.
C'est l'bonheur en culotte d'v'lours qui se pointe.
Bath, non ? Tu piges, n'en plus, comme le train
arrange nos transports, si on peut dire ? C'balan-
çage, c'est pas un rêve, chérie ?

« Qui c'est qui toque à la lourde ? L'contrôleur ?
Qu'est-ce y nous fait chier ? Y veuille nos biftons ?
Donne-lui-les-lui, Sana. Où qu'est l'tien, ma fri-
vole ? Dans, ton sac. Tu permesses que mon pote
l'prisse ? Ça m'éviterera d'défourrer. Attends,
j'écarquille les pans d'mon lardeuss, manière
d't'placarder l'joufflu.

« Voilà ! Bonjour, contrôleur ! Alors, ça contrôle
dur ? Voiliez, je tire la cramp' à médème qu'est
sujette. Si on la masserait pas, elle évanouirait tant
tell'ment la douleur est douloureuse. Tu sens qu' ça

passe, ma biche ? Comment ? Non ? Ça vient, n'au contraire ? Freine, ma gosse ! Y a l'contrôleur ! Et y n'en finit pas d'poinçonner, ce glandu ! C'est pour dire d'attarder ! Un mateur, j'en étais sûr ! Av'c ce pif pointu et ses yeux en trous d'pine, fallait s'y attend'. C'est des mecs qu'ont rien à branler, alors tu penses si y s'régalent !

« Oh ! putain d'merde, glapis pas d'la sorte, on croirerait une pintade qu'a r'nouché l'renard. Tu dis quoi ou qu'est-ce ? Articule, vérole ! Tu peux plus t'retiendre ? Bon, ben, qu'est-ce tu veuilles qu' j'te dise, la grande, à l'impossib' nul n'est t'nu : vas-y, ma poule, mayonnaise tout ton chien d'soûl ! Ces choses-là, c'est la nature qu'éguesige. Dedieu, c'te frénétiqu'rie, la vioque ! Et la v'là qu'hurle en belge. C'est flattant d'faire jouir une frangine dans un' langue étrangère ! Mais é va nous faire dérail-ler, à trémoler du fion pareillement ! La Babiola la verrerrait, é dégoupillerait son chapelet d'urgence. « R'cule pas commak, on va s'retrouver dans l'couloir ! Ferme la porte, Tonio ! Y l'a joué cassos, l'officier-poinçonneur ? Moui ? Bon vent ! Tu parles d'un polisson ! Faudrait lui interpréter toute la partition d'moule à paf sans rater une note, c'drô-let !

« Youye : v'là ma princesse qui nous fait sa grande scène d'la rondelle en flammes ! Va y avoir d'la surchauffe dans l'manche à balai. Ma parole, é m'bouffe la matraque av'c son réchaud à gaz ! Vise, Antoine ! Vise un peu : on s'jurerait dans un dessin animé. Tu vois plus son prose, tant tell'ment qu'y l'est endiablé. Ah ! l'est pas feignante d'l'écrou, la compatriote à Brel ! On y a posé un' dynamo dans l'fond'ment, c'est pas possib', sinon ! T'as mordu la manière qu'elle tourbillonne d'l'armoire normande ? On lui distingue plus les varices, non plus qu'les vergetures ni les bourrelets. La vitesse qui l'embellit, c'te petite mère !

« Putain, c'te gueulée qu'é pousse ! Chante, Antoine, chante fort pour couvrerir son panard ! Une tyrolienne, j'aimerais, des vocabulises, l'grand air d'Lacné, grouille ! Pourvuve qu'a pas un con qui nous tire la sonnette d'alarme, si ça s'trouverait ! T'as toujours des chiasseux partout qu'effrayent d'un rien. Des moudus qu'est prêts à paniquer.

« Là, voilà, la belle s'calme. É défaillance de trop d'panard. Assoye-toi, ma poule. Occupe-toi pas d'mon plaisir, j'ai l'gland en surchauffe, j'm'mettrerai à jour plus tard, av'c une autre. T'es toute pâlotte, ma loute. Trop d'intensification, hé ? Sans compter qu' t'es p't'être cardiologue, mahousse comm' j'te voye. T'faudrait consulter un espécialisse.

« Attends, j'vais baisser la f'nêtre... Merderie ! L'est fisque ! D'nos jours qu'on climatiste à outrance, tu n'respires plus qu' d'l'air en conserve. Détends-toive bien, la Belgiume. C'est beau une gonzesse qui vient de morfler du chibre, même quand s'agit d'une grosse viandeuse flamande. La nature, c'est toujours bioutifoule. Faut savoir la contempler. Ma fibre poétesse qui m'emporte. Si j'serais été moins gros av'c d'l'instruction, j'écriverais des vers, kif l'père Hugo.

« La v'là qui s'endort su' son big panard. Faut dire que j'y ai pas été de queue-morte ! T'as admiré c't'trousserie giante, Sana ? L'est épuisée par mon embroque, la dondon. Tu voyes, grand, n'à m'sure qu' l'temps passe, j'apprécille plus d'faire reluire qu' d'reluire moi-même. Aut' fois, j'avais qu'l' soucille d'tremper et d'déflaquer en Chronopost.

M'vider les sacoches à paf, c'est la seule chose dont j'étais intéressé. Au plus ça allait vite, au mieux j'm'sentais. Le panard de la copine, j'en avais stristement rien à foutre. Qu'é restasse en rideau av'c l'escarguinche tout déconfituré m'laissait en différent.

« Et pis, v'là que son fade à ma partenaire s'est mis à m'captiver. « J'prends un malin plaisir à c'qu'é trempasse sa culotte Petit Barlu avant l'entrée de mon gladiateur. D'abord ça facilite les r'lations consexuelles, mais n'en outr' ça crée la bonne ambiance ; sans parler qu'avec mon féroce calibre, j'ai intérêt à c'qu'on s'fréquente à marée haute ! Car si c'est chouette d'avoir une rapière grosse comme le bras, ça crée parfois des problèmes. Tu l'sais, m'est arrivé d'tomber su' des frangines pas spacieuses du corridor qui n'sont jamais arrivevées à m'admett'.

« Enfin, c'est la vie : qu'on l'aye mastoque ou chipolateuse, ce qui compte c'est d'pouvoir s'en servir. »

Il feule Bengale, loufe caserne et s'endort sans avoir refermé sa braguette à grand spectacle.

Je ressasse ces péripéties ferrovieuses en gagnant le Bois de la Cambre.

Je ne me doute pas, à cet instant, que je viens de mettre le pied dans l'une des plus stupéfiantes aventures qui me soient jamais arrivées.

11

POUR BIEN MARCHER
IL FAUT METTRE UN PIED DEVANT L'AUTRE
ET RECOMMENCER

L'assassinat de chanoine, ça devait être un violon d'Ingres pour feue Mme Ballamerdsche et pas du tout une nécessité, si j'en juge par la maison qu'elle habitait au Bois de la Cambre.

La masure d'au moins vingt pièces se dresse au centre d'une immense pelouse entourée de grands arbres du style cèdres ou ifs. Elle est faite de briques rouges sur lesquelles se détachent les portes et les fenêtres peintes en blanc. Des massifs d'hortensias roses bordent cette somptueuse demeure. À droite, des garages avec les appartes du perso au-dessus. Espère : ça en jette à poignées dans les mirettes de l'arrivant que je suis. On devine un vaste potager sur l'arrière, et puis un tennis et une piscaille couverte. M'est avis qu'il ne suffit pas d'être tueur à gages pour entretenir ce genre de palace ; ou alors faut n'avoir à effacer que des chefs d'État au lieu de curetons de banlieue et se faire carmer un maxi.

En contemplant cette opulence, je ne peux me défendre d'un sentiment très fort, fait de stupeur à quatre-vingts pour cent et du reste à vingt. Comment se fait-il que la propriétaire d'une telle crèche se rendît dans une église, armée d'un riboustin, avec la cruelle intention de perforer un bon chanoine natif de la grasse Normandie béru-réenne ? Par quel obscur cheminement cette riche personne en arrive-t-elle à cette sinistre décision ? Que représente-t-elle pour que des ennemis contre-carrent son funeste projet et la mettent à mort avant qu'elle ne puisse l'exécuter ? Mystères ! Mystères en chaîne ! En avalanche !

— Joli cabanon, apprécie cet homme raffiné qu'est Béru. Si on l'aurerait, moi et Berthe, on organiserait des vaches réceptions où qu'on convierait tous nos potes. Concours de pétanque, barbecul dans l'parc, matches de pets après l'haricot d'mouton, partouzes sous les arbres que le premier prix c's'rait un godemiché en or. J'm'voye comm'si j'y s'rais.

— Sublime ! déclaré-je. Tous les fastes du Roi-Soleil.

Il continue d'envisager ses nuits de Valpurgis :

— Y aurait des exclaves juste pou'nous passer la langue sous les roustons et nous prend'le guignol entre leurs nichemars. Tu veux qu'j't'avoue ? C'te taule, é m'inspire !

— Moi aussi, conviens-je, et si fort que je vais sonner.

Joignant le zeste à la parabole, je presse sur un timbre de laiton qui domine un parlophone.

Là-bas, à l'extrémité de l'allée, la superbe crèche en jette dans le pâle soleil d'outre-Quiévrain (comme disent puis les journalistes sportifs). Elle pourrait servir de palais à un chef d'État ; je te parie que, s'il est plus vaste, celui de Laeken a moins de charme.

Une voix masculine éclate soudain :

— Qu'est-ce que c'est ?

— Police ! dis-je avec cette laconicité qui renforce la portée du mot.

Un déclic. Le vantail droit de la grille s'écarte lentement dans un silence bien huilé.

Sa Rotondité et moi-même nous engageons dans la large allée au revêtement de ciment rose. Tout là-bas, sur le perron, un larbin en pantalon noir et gilet rayé abeille vient de surgir. Un grand, avec des rouflaquettes grises, comme les valets dans les comédies de jadis. Il attend, le bras gauche dans l'alignement du corps, le droit à l'équerre sur son ventre. Il porte des gants blancs. À mesure du fur que nous avançons, je constate qu'il est équipé d'un sonotone et qu'il a une trace de foutre mal nettoyée à l'encolure de sa braguette.

Tronche d'ancillaire du répertoire, te répété-je-t-il. Regard impassible, raideur compassée. Tête à claques sur les bords. Il doit s'embroquer la femme de chambre tout debout derrière une tenture, ou se faire pomper la membrane pendant qu'elle encaustique le parquet.

Je gravis les quatre degrés du perron (pet rond) et sors ma brème poulardière d'un geste dûment étudié, réussissant à masquer « République française » d'un doigt et le ruban tricolore d'un autre. Je renfouille ce document magique presto sans lui laisser le temps de l'examiner comme s'il s'agissait d'un hiéroglyphe égyptien.

— Vous désirez, messieurs ? demande le serviteur avec un accent étrange venu d'ailleurs.

Selon mon diagnostic, rapidement posé, ce personnage doit être portugais d'origine, mais embelgiqué depuis plusieurs décennies.

— En l'absence de Mme Ballamerdsche, à qui

doit-on s'adresser pour discuter d'un sujet grave ? je lui questionne à l'en brûler le pourpoint.

— Il y a Mlle Hurnecreuse, sa secrétaire.

— Je suis convaincu qu'elle fera admirablement l'affaire, certifié-je.

Il a un geste pour nous désigner la porte et on pénètre dans un lieu surprenant où est rassemblé et s'accumoncelle un capharnaüm (et Pompéi) qui serait indescriptible par un romancier moins surdoué que je ne le suis. Ce qui impressionne le plus, ce sont des armures damasquinées rangées comme à la parade (dirait aussi un journaliste sportif pour commenter un match de fôteballe). Ces boîtes de conserve pour connétable sont une bonne douzaine à constituer une silencieuse armée robotisée. S'y trouvent également des coffres énormes aux formidables ferrures ouvragées, des chaises à porteurs balladuriennes, des lits à colonnes, des fauteuils de marbre blanc ayant dû servir de trône, des candélabres d'église, des tables de chevalerie, des statues polychromes et beaucoup, beaucoup d'autres choses encore sur lesquelles je ne m'étendrai pas car elles sont trop inconfortables.

— Je vais informer Mademoiselle de votre visite, m'annonce le larbin en s'éclipsant d'un pas fraîchement remonté.

— C'est quoive, c'te cabane ? demande Son Enflure sérénissime. Un musée ?

— Pas exclu.

— Tu choperais pas le masque, ta pomme, d'éguesister dans un pareil herculanum ?

Je m'abstiens d'entreprendre une discussion philosophique à ce moment de notre visite. D'autant qu'une dame vient d'apparaître dont la seule vue te transforme les roustons en marrons glacés.

Magine-toi une exquise créature d'à peine un mètre soixante, bien prise, la poitrine très légèrement surabondante, ce qui n'a rien de désobligeant. La personne est d'un roux délicat ; moi qui hais les rouquemoutes, je suis fasciné par sa chevelure couleur de cuivre rouge, sa peau semée de taches brunes qui transforment son agréable visage en nuit d'été. Le regard est myosotis, la bouche pulpeuse, fardée en orange. C'est le genre d'arrivante qui, par sa seule présence, secoue les torpeurs les plus endurcies.

Son air déterminé indique qu'elle ne reste pas les deux paturons dans la même latte.

Elle va droit à l'obus, comme aurait dit Déroulède.

— Il est arrivé quelque chose, messieurs ?

Voix nette, qui te chatouille le dessous des burnes.

— Qu'est-ce qui vous le donne à penser, mademoiselle ?

Elle hausse les épaules :

— Généralement, la Police ne se déplace pas pour rien. Quand elle a besoin d'un simple renseignement, elle convoque.

Très pertinent comme raisonnement.

— Effectivement, conviens-je-t-il. Mme Balla-merdsche est décédée.

Pareille au corbeau qu'ouvrait un large bec et laissait tomber sa proie, la voilà qui me découvre ses ravissantes amygdales ainsi qu'une molaire en or héritée de ses parents.

Elle a un mouvement de touchante frilosité pour se prendre elle-même dans ses bras, ce que je ferais volontiers moi-même.

Puis elle sacrifie à une tradition bien établie en balbutiant :

— Ce n'est pas possible ?

— Hélas si, ne manqué-je pas de corroborer.

La délicieuse mate le bastringue héréroclite qui nous environne, puis chuchote :

— C'est donc pour ça...

— Qu'entendez-vous par là, mademoiselle ?

— Depuis trois jours elle n'a pas donné de ses nouvelles, ce qui était impensable. Qu'a-t-elle eu ?

— Une injection d'un produit nocif qui l'a emportée en moins de cinq minutes !

La sublime femme à la blondeur dévoyée écarquille ses admirables lotos conçus pour l'extase.

— Je ne comprends pas...

— Quelqu'un a mis fin à ses jours en lui inoculant un poison d'une rare violence au moyen d'une sarbacane. Étonnant, non ?

— Mais c'est...

Elle se tait, à court de mots ou de salive.

— C'est ? que j'insiste.

Elle avise le grand branleur de larbin qui se déchiquette les tympans pour tenter de capter notre converse depuis l'autre bout du hall.

— Allons dans mon bureau, propose-t-elle.

Nous la suivons. Un couloir nous accède à une pièce claire, au meublage fonctionnel. S'y trouvent deux fauteuils qu'elle nous propose du geste.

— Trop bas pour moi, décline Sa Majesté. Si j'foutrerais mon valseur là-d'dans, faudrait des forceps pour m'ravoir !

Et il choisit la chaise pivotante installée derrière un ordinateur.

— Racontez-moi ce qui est arrivé ! me dit Mlle Hurnecreuse.

— Volontiers, mais auparavant, j'ai besoin de certaines informations, réponds-je avec une civilité à fleur de peau qui ferait mouiller une postière des Hautes-Alpes.

Alors elle se rend compte que ma réponse est logique et adopte la posture de la répondeuse dans ses tartines-blocs.

— Parlez-moi de Mme Ballamerdsche, invité-je doucement.

— Que voulez-vous savoir d'elle ?

— Tout, pour commencer, ensuite nous aviserons. Il y a longtemps que vous travaillez pour elle ?

— Ça va faire la quatrième année.

— Au bout de quarante-huit mois de cohabitation vous devez avoir des choses à raconter. Qui est-elle ?

— Une antiquaire spécialisée dans la Haute époque.

Ah ! bon ; maintenant je m'explique le hall et le prestigieux bric-à-brac qui s'y trouve rassemblé.

— Sa situation de famille ?

— Elle est veuve, depuis fort longtemps, d'un haut fonctionnaire qui a fait sa carrière en Afrique.

Quelque chose dans mon sub fait tilt. L'Afrique serait-elle le commun dénominateur entre la femme fléchée et l'ancien missionnaire qu'elle s'apprêtait à seringuer ?

— Ensuite ?

— À la mort de son époux qui, si je ne me trompe pas, remonte à plus de vingt ans, elle s'est lancée dans le commerce des antiquités.

— Des enfants ?

L'expression de ma vise-à-vise s'aggravit.

— Une fille, fait-elle.

— Qui habite où ?

— Ici même. Mais c'est une handicapée moteur cérébrale, réduite, selon l'expression, à l'état de géranium.

Pendant qu'elle parle, j'observe les agissements du Mastard.

Ils sont assez étranges pour que je te les relatasse. Le Mammouth vient d'ôter ses targettes, ce qui, illico, met dans la pièce un délicat parfum d'ambre, de musc et de chiottes de gare obstrués. À pas de loup-cervier, il gagne la porte, saisit délicatement la poignée d'icelle et ouvre brusquement.

Vision classique, mille fois utilisée dans des films encore plus tartes que ce livre poignant : le larbin est à l'équerre dans le couloir, sa portugaise gauche (que je présume être sa plus fiable) à hauteur de la serrure.

Le Faramineux a toujours été l'homme des décisions promptes et des gestes héroïques. Il virgule une terrible remontée de genou droit dans la margoule du valet de chambre. Ça produit le bruit sec d'un branchage brisé et l'indiscret part à la renverse, le regard feutré, le tiroir de traviole. Il gît sur le sol avec l'air de se demander si Noël va bien tomber le 25 décembre cette année.

— Dérangez-vous pas pour moi, nous fait gentiment le Mastard en relourdant, j'avais cru voir une ombre sous la porte, mais j'ai eu la berlue : y a personne.

12

QUAND LE JOUR NE SE LÈVE PAS,
C'EST QU'IL EST TROP FATIGUÉ

Notre converse reprend. Miss Adèle H. s'exprime bien, de façon gouleyante. Fille directe, intelligente jusqu'à l'extrémité de ses poils pubiens, elle parle sans détour de sa patronne et de leur vie dans la vaste demeure. J'apprends que la défunte voyage pas mal à travers l'Europe, à la recherche de mobilier de valeur. Chez elle, on ne vend que du top niveau. Foin des épaves rebricolées qui sont la pâture des brocanteurs. T'as des mecs qui, partant d'un barreau de chaise, te reconstituent le siège entier et le vendent comme étant « bon d'époque ». Ils chient pas la honte, ces marchands du Temple. Note que si le clille est content de son emplette, tout baigne. Dans la vie, ce qui importe, ce ne sont pas les choses en tant que telles, mais l'idée qu'on s'en fait.

Donc, la morte se déplaçait fréquemment. En son absence, c'est miss Hurnecreuse qui tient le bouclard et supervise l'entretien de la fille déconnectée. La gentille rouque est wallonne. Elle a fait l'école du Louvre à Paris et sait différencier, au premier coup d'œil, un fanal de chantier d'une opaline Charles X. Elle m'assure que sa patronne avait

beaucoup de relations d'affaires mais ne fréquen-
tait personne. Que c'était une femme énergique,
cultivée, assez rude de contact mais juste.

Alors que nous sommes en pleine bavasse, elle
et moi, le Gravos se lève et demande où se trouvent
les tartisses. Il se croit obligé d'expliquer que, la
veille au soir, ils ont été invités, Mme Bérurier et
lui, chez Alfredo, leur ami coiffeur. Ce zigus, qui
est rital, a voulu leur préparer une paella, mets typi-
quement andalou, et s'est laissé refiler des crus-
tacés « nazebroques » par son poissonnier.
Conclusion, Berthe a chiassé toute la noye et il
constate que ses propres intestins disjonctent avec
retard. Effectivement, de sourds grondements éma-
nent de ses profondeurs. Il assure qu'il se sent plein
de vents, qu'il ne peut libérer because les dépréda-
tions qui en résulteraient très probablement. La
somptueuse rouquette lui indique « l'endroit » et
Sa Majesté aux entrailles turbulentes nous quitte
en dégrafant préalablement son bénouze, précaution élémentaire quand on joue la montre en
pareille circonstance.

Lui évacué, une douce connivence s'installe entre
nous. Adèle semble certes bouleversée par l'assassinat de sa patronne, mais pas peinée outre mesure.
J'ai idée que la dame Ballamerdsche devait manquer de tendresse humaine et mener la vie dure à
son entourage.

Tu sais que c'est une frangine coulée dans un
moule extra ? L'avoir dans ses bras, crois-moi, c'est
payant. Elle a des jambes superbes et pas de jus
d'hévéa dans les deux compartiments de son sac à
loloches. N'en plus, sa bouche porte à la rêverie. Je
songe, malgré moi, à ce que des lèvres pareilles peuvent faire d'un paf de bonne tournure.

Elle continue de me raconter le commerce d'anti-quités. Les acheteurs triés pis que des lentilles, venant sur rendez-vous. La classe ! C'est pas entrée libre chez la Ballamerdsche. Faut s'annoncer par lettre ou turlu, montrer patte *white* et attestations bancaires avant d'engager la causette. Les bran-leurs du véquende qui viennent te faire chier la bite à tout tripoter et à demander les prix, elle en avait rien à secouer, la trépassée de la sarbacane. Le grand style, quoi. Ici, l'objet le plus mignard coûte un saladier ! D'ailleurs les prix sont énoncés en dol-lars.

Quand on a achevé le tour d'horizon, j'en arrive à elle-même. En dehors de son turf, elle vit comment cela, l'Adèle ? Mariée ? Fiancée ? Un matou dans la coulisse qu'elle va rejoindre à l'hôtel du *Pou Flamand* après ses heures de labeur ?

Elle rougit, ou plutôt rosit, ce qui est préférable quand on est roux, comme dirait mon copain Patrick que je fais chier avec mes alluses aux rou-quemoutes, mais il a tort car il est beau gosse.

La jolie secrétaire me dévoile un lambeau de sa vie privée.

Elle était fiancée à un jeune médecin brillant, d'origine allemande, mais naturalisé belgium. Et voilà que ce nœud avait un hobby, comme on dit puis à Saint-Alban-de-Roche : l'aile delta. Il s'est fraisé dans le sud belgien, là à peu près que s'était déjà scrafé Albert Ier, le roi chevalier. Rupture des cervicales : bonsoir, docteur !

Depuis, Adèle vit dans le culte de son Icare à la gomme. Qu'entre nous soit dit, quand t'es amou-reux d'une poupée comme elle, est-ce que t'as besoin de t'envoyer en l'air avec un morceau de

toile ? Je te jure ! Y a des gus, je les comprends pas.
Je sais bien qu'il était teuton, mais quand même...

La regardant, évaluant son exquis petit prose
bien rond dans la jupe, ses roploplos entre lesquels
tu peux glisser ta chopine négligemment, manière
de créer l'ambiance, je songe que le chagrin est un
ramadan qui ne peut perdurer. Le moment arrive
où la belle vie prend le pas sur le désespoir. Tu vois,
si j'étais pas mobilisé par cette enquête, je m'attel-
lerais volontiers à cette tâche de revivification.
J'aimerais lui soigner le chagrin, l'Adèle. La distraire par mes joyeuses boutades ; ensuite passer à
des petites caresses enjôleresques. Bref, de fil en
aiguille, la ramener sur la rive des matins calmes et
des nuits enchanteresses. Mais quoi : secourir les
détresses, c'est grand, et faut-il encore avoir le
temps de s'y consacrer.

Lorsque j'ai bien fait le tour du problo, je me
lève pour prendre congé.

— Navré de vous avoir apporté une mauvaise
nouvelle, lui dis-je, vous êtes le genre de femme à
laquelle on voudrait n'annoncer que du bonheur.

Son sourire ému ferait fondre le sommet du mont
Blanc (côté France, et du Monte Bianco côté rital).

Elle me déglutit un « merci » chauffé au bain-
marie.

— La vie est longue pour ceux qui vivent, litté-
rairé-je avec conviction, le destin vous accordera
bientôt une revanche. Sur l'heure, toute à votre
peine, vous n'y croyez pas, mais je vous certifie
qu'elle se présentera bientôt.

Et tout en proférant cette promesse chargée
d'espoir, je ne puis m'empêcher de penser à ma
camarade Coquette qui frétille déjà dans les rets de

mon slip bleu d'azur frappé de ma devise qui est :
« Plus dure que tu ne crois ».

Sorti du salon, je cherche Alexandre-Benoît du
regard, mais ne l'aperçois point.

— Où sont les lavabos ? m'inquiété-je.

— Au fond du couloir, à gauche.

— Vous me permettez d'aller prendre des nouvelles de mon confrère ?

Elle a un geste chargé d'affirmance, en fait de
quoi je vais dans la direction montrée. Les chiche-
broques sont bien où elle me les a indiqués, mais
la porte est infermée, ce qui me permet de constater leur videur (1). Pas plus de Béru dans les
parages que de bourrelets dans le bénoche d'un
fakir.

Je reviens bredouille et embêté, me doutant bien
que le chéri est parti en expédition à travers la
demeure.

— Il ne va pas tarder, éludé-je. Pourrais-je jeter
un œil dans les appartements privés de Mme Ballamerdsche ?

— Bien sûr.

Elle me conduit au premier étage. Face à l'escalier de fer forgé se trouve un large palier de marbre
rose meublé d'une statue représentant la Vénus de
Milo avec ses bras, et d'une vasque d'albâtre contenant une superbe plante artificielle réalisée en perles.

Double porte aux panneaux laqués aubergine.
Adèle H. l'ouvre et s'efface.

D'abord, y a une sorte de petite antichambre ten-

_____

(1) J'ai hésité à créer ce néologisme, ayant projeté de lui préférer
« vidange » mais, compte tenu du lieu auquel il s'appliquait, j'ai opté
pour lui.

San-A.

due de soie chinoise à motifs arborisés, une porte, à gauche, donne sur une salle de bains, une autre, à droite, sur un dressinge, enfin celle du centre livre accès à la chambre à coucher, quasi dramatique par son lit monumental dressé sur une estrade tendue de velours bleu. Meubles Renaissance, murs tapissés de brocart, fauteuils curules, en ivoire jauni. Tout le panneau du fond est mobilisé par un monument équestre copié de Paolo Uccello que si tu te réveilles en pleine noye avec ce machin dans ta piaule tu peux pas te retenir de bédoler plein ton pyje. Selon moi, cette chambre ahurissante conviendrait soit à un roi, soit à une partouze à grand spectacle dans la *jet-society*.

— Impressionnant, fais-je ; et elle dormait bien dans ce lieu étrange ?

— Elle l'adorait, me répond la douce rouquinette.

Je m'approche d'un superbe bureau Mazarin, à incrustations d'ivoire et de bois précieux, placé devant l'une des deux fenêtres. Un sous-main de cuir repoussé, un téléphone (unique concession à la modernité), une boîte de palissandre contenant des stylos et autres porte-plumes ou crayons, une autre d'ébène emplie de papier à en-tête gravé au nom de la disparue, un encrier taillé dans du cristal de roche, à couvercle d'or vert ; tout cela est d'une pompeusité dévastatrice capable de flanquer la migraine à un orang-outan en état de coma dépassé.

J'aimerais pouvoir inventorier ce meuble, et les autres. Tout explorer, tout fouiller avec application, en arrachant les moquettes au besoin et en sondant les murs, car mon instinct fait tilt comme un détecteur de mines dans une aérogare irlandaise. Oh ! que ça me démange !

— Vous paraissez troublé ? remarque Mlle Hurnecreuse.

— Je le suis. Ce décor extravagant... C'était une drôle de femme, non ?

— Assez particulière, c'est vrai.

— Vous vous entendiez vraiment bien, toutes les deux ?

— Une employée n'a pas à « s'entendre » avec sa patronne, soupire la rousse Adèle. Nos rapports étaient normaux. Il lui arrivait de me faire des cadeaux de valeur dans un élan de gratitude, lorsque je m'étais bien occupée de sa fille ou que j'avais réalisé une bonne vente en son absence.

— Qu'allez-vous devenir ?

Elle a un geste fataliste.

— Je vais chercher un nouvel emploi. Ce qui m'attriste, c'est sa fille Martine, qu'il va falloir mettre dans une maison ; mais Mme Ballamerdsche a peut-être prévu des dispositions la concernant...

— Puis-je la voir ?

— Bien sûr. Seulement si vous espérez avoir une conversation avec elle, vous allez être déçu.

Elle m'entraîne hors de l'appartement privé, mais nous ne quittons pas l'étage. L'handicapée a son domaine au bout du couloir : deux pièces aux meubles fonctionnels, conçus pour la vie d'un être diminué à l'extrême. Cela tient de la nursery et de la chambre de clinique huppée. Une partie du logement ressemble à une aire de jeux pour école maternelle ; on y trouve des albums à colorier, des poupées d'étoffe, des jeux de construction extrêmement sommaires. Je note que les fenêtres sont munies de barreaux.

À peine avons-nous pénétré dans cet antre

qu'une femme hommasse au gabarit de grenadier d'Empire surgit de l'endroit où est dressé le lit.

Elle pose à Adèle une question en flamand, très certainement à propos de ma présence. Ma gentille guide explique qui je suis et ce que je viens fiche en ce lieu. De ce fait, elle apprend « la mort de Madame » à l'infirmière. Stupeur de celle-ci qui se met à libérer des onomatopées aussi agréables pour mes oreilles qu'une rupture de ridelle sur un camion transportant des bouteilles de gaz Butane.

Pendant que les deux filles conversent, j'entre dans la partie chambre et ce que je vois me serre tellement le cœur à la taille qu'il se met à ressembler à un « 8 ».

Je m'attendais à une gamine, or c'est une femme que je découvre. Une personne blonde, aux cheveux coupés très court. Elle porte un jogging vert et blanc, très ample, qui flotte autour d'elle. Elle a aux pieds des sortes de chaussettes à semelles et « boit » un yaourt à même le récipient de carton ; et il est à la fraise ou à la framboise car des traînées rosâtres maculent son survête et ruissellent le long de son menton.

Ma venue la laisse totalement indifférente.

— C'est bon ? je bredouille comme un grand con que je sais être à mes heures.

Elle n'a même pas entendu et continue d'avaler le yaourt avec avidité. Putain ! quel gâchis ! Tu sais qu'elle serait sûrement mignonne, la pauvrette, si son bulbe ne roulait pas sur la jante !

— C'est de naissance ? demandé-je à la secrétaire en (presque) chômage.

— Non, répond Adèle. Je crois qu'elle a eu un grave accident lorsqu'elle était enfant ; mais je ne saurais vous en dire davantage, sa mère avait horreur d'aborder ce sujet.

Venant du reste-chaussé (Béru dixit), la voix mugissante de l'Enflure :

— Antoi oi oine ! ! ! ! T'es encore là ou t'y es plus ? De toute manière réponds-moive !

Je prends le sage parti de vider les lieux et vais rejoindre l'Ineffable.

Le Mastard, en pleine apothéose, occupe un siège qui complète son aspect « Romain de la décadence ». Les bras sur les accoudoirs, le bitos rejeté en arrière, la lippe glaireuse et l'œil insane, il est empreint d'une majesté de bistrot qui paraît l'éclairer de l'intérieur.

Me voyant survenir, il lâche, en désignant la jolie rousse du menton :

— T'es été tirer c'te p'tite frangine, je parierais ?

— Je t'en prie, Sac-à-vin ! tonné-je.

Constatant ma colère, il rengracie :

— Ben quoive ? Y a pas d'offenserie. Mam'zelle a tout c'qu'y faut pour emballer un beau matou comme tézigue. Sans compter qu'é doive avoir du bouquet : toutes les filles qu'ont cette blonderie acajouteuse dégagent des parfumances qui rappelleraient l'civet d'lièvre. É m'f'rait t'assez songer à Alphonsine Bordurier, jadis, d'par chez nous, à Saint-Locdu, la fille aînée du facteur. On lui r'filait des rubans de réglisse pour qu'é nous laisse respirer sa chatte. Quand on touchait, histoire d'conserver l'fumet au bout des doigts, é réclamait deux francs d'dommaginterêt. Fallait surtout pas essayeyer d'lui mett' la quique, qu' aut'ment é t'flanquait un vrai coup d'griffe de panthère à travers la poire, Phonsine. C'tait un' fille sérieuse dans son genre. D'alieurs l'a faite un beau mariage mondain avec

Céleste Ganelon, le fils du fromager d'Courre-sur-Mahbite.

Je parviens à l'arracher successivement : à ses souvenirs olfactifs, à sa chaire royale et au logis de la défunte antiquaire.

Notre voiture brille de tous ses chromes au soleil belge. Des zizes pépient dans les nobles frondaisons du parc.

Je décarre en langueur, peu pressé de m'éloigner. Je ne sais quoi, dans ce logis, me « mobilisait » : un confus sentiment d'étrangeté « organisée ».

— Tu penses à la p'tite escrétaire, grand ? murmure le Titan des zincs.

— À elle et à tout le reste, murmuré-je ; cette demeure dégage un mystère.

— Tu croives pas si bien dire, ricane une tonne de turpitudes lentement accumulées.

Sa voix me fait broncher du bulbe.

— Toi, tu as quelque chose à m'apprendre ! affirmé-je avec péremptoirité, en homme qui joue du Béru en virtuose.

Dans un premier temps, un vent de style bourrasque déferle à l'intérieur de l'habitacle. Je crains qu'il nous amène l'orage, mais il se calme comme à l'approche du soir, quand il souffle sur la mer.

— Faut qu'on va causer sérieus'ment, dit Béru, mais j'n'parlerai qu'en présence d'une bière grand format vu qu' j'la menteuse qui fait ventouse av'c mon palais !

13

IL NE FAUT JAMAIS METTRE TOUS SES ŒUFS
DANS LE MÊME SLIP

Qu'on se retrouve en moins de jouge dans un estaminet merveilleusement belge, à l'atmosphère simenonienne. Débit de boissons deviendra grand, disait dans les jadis un obsédé du guindal, de mes amis, qui a fait beaucoup plus pour la propagation de la cirrhose que le grand Mufti pour celle de la religion islamique. L'endroit est typique, avec ses pompes à bière, ses tables vernies, ses sièges rembourrés et la collection de chopes accrochées aux murs. Y a même une grosse femme à chignon, derrière la caisse, et devant les manettes de bibine, un loufiat glabre, aux rares cheveux seccotinisés sur le crâne, qui les manœuvre (les manettes) avec la virtuosité de l'organiste de Notre-Dame triturant ses claviers.

— Tout c'qu' a d'plus grand ! enjoint Sa Majesté houblonneuse.

Ce qui lui vaut, dans de brefs délais, l'arrivée d'un aquarium d'au moins trois litres de capacité.

— Tu vas pouvoir commencer à licebroquer tout de suite, avertis-je.

— Fais-toi pas d'mouron pou' ma vessie, calme

le Ventripote. La caravane aboye et les chiens pissent !

Son mufle plonge dans l'écume des jours et réapparaît pèrenoëlisé.

— Elle a du corps, affirme mon indispensable collaborateur ; c'est pas d'la bibinasse de pucelle.

— Donc, tu aurais du nouveau à m'apprendre ? insisté-je avec la lassitude du pélican bredouille.

Il opine.

— La chiasse dont j'ai prétendu, c'tait d'la frime, commence le narrateur. N'en réalitance, j'voulais visiter un chouïe c't'entrepôt à pouill'ries.

— Il t'intriguait ?

— Si qu'on aurait pas du pif, faudrait mieux qu'on marne à la Régisserie R'nault plutôt qu' d'faire perdreau !

— Continue, ma beauté !

— L'larbin dont j'ai assaisonné l'tarbouif raisinait pis qu'un' fontaine et avait joué cassos. J'ai profité qu' la voie était libre pour r'nifler comme un perdu, d'ci, d'là. Un vrai cador.

— Tu cherchais quelque chose ?

Il lève sur ma personne ses beaux yeux rouges assombris par le mépris.

— Comme si qu' dans not' boulot on n'cherch'rait pas sans arrêt quéqu' chose !

Il a raison. Je lui rends hommage d'une inclination du buste.

— Y avait pas d'mérite, poursuit-il. Après la manière que la proprio du château est cannée, et considérationnant c'qu'é v'nait faire à l'église, on pouvait s'gaffer qu' sa vie c'tait pas celle d'une caramélite.

Il marque ce moment d'arrêt qui, chez lui, trahit l'incertitude, se demandant probablement comment il va évacuer l'afflux de gaz qu'il génère. Doit-il s'en libérer par le nord ou par le sud, dilemme toujours délicat parce qu' à hauts risques. Contre toute crainte, il fournit une première livraison de gaz sous la forme innocente d'un long soupir fortement aillé. Le dissipe d'une main nonchalante.

— Quand tu sens la suite, n'hésite pas à me la bonnir, l'encouragé-je-t-il ; sinon, on peut prendre rendez-vous pour la semaine prochaine.

C'est mon sarcasme qui le détermine brusquement pour une louise longue durée, à modulations chamarrées. Il en emplit l'estaminet de sa sonorité cuivrée et de son parfum de venaisons en péril.

— C'qu' t'es impatient ! soupire l'Hénorme. Tu prendreras bien l'temps de mourir un jour, disait ma mémé. J'te racontais donc qu' j'traînais mon *big* pif dans la crèche, sans idées préconçuves, guidé par mon instincte de cador. J'voye un escadrin qui descende sur la cave. J'l'prends. N'en bas, j'm'aperçoive qu'il y a un couloir sombre et un couloir n'éclairé. J'm'dis que l'oscur mène à la vinasse, c'qui m'incitererait plutôt ; s'l'ment mon attention est captivée par l'aut', beaucoup plus large, carrelé jusque z'au plaftard. Au bout d'une sixaine d'mètres, il est stoppé par une lourde de fer à deux battants, ripolinée. J'm'en approche. C'te porte est fermaga et n'comporte pas d'serrure ni d'loquet. Je perplexite d'c'mystère.

« Soudain, j'voye apparaître une gonzesse baraquée grenadier, en train d'pousser un chariot chargé d'flacons comme dans les hôpitals. Un contacteur vient de jouer, la guimbarde commence à se déponer doucement. Mécolle de foncer dans l'couloir d'en face et d'accroupir derrièr' des caisses de vin récemment livrées. *Chateau l'Angélus !* Dont j'croive qu' c'est du bordeaux. La grenadière s'approche d'un panneau d'fer, l'ouv', et c'est un concasseur d'ordures. Elle balance ses boutanches et déclenche le broyeur. Quand tout' ses bouteilles sont réduites en poud', elle fait demi-tour. Réouverture de la doub' porte. La dame repart. Moive, j'risque la tronche d'derrière mes caisses et, avant que la fermance aye rejoué, je renouche un long couloir bien éclairé, avec, tout au fond, une porte de verre dépolicée. »

Le Vigoureux se tait en me contemplant.

— Intéressant ! le félicité-je implicitement.

— Question d'apprécité, fait mon camarade l'Infâme en grande fausse modestie.

Il fait bon dans l'estaminet. Le temps y trouve sa véritable densité. Cela sent comme dans les *books* au grand Georges-à-la-pipe. T'as qu'à t'engoncer dans ton col de pardingue et te laisser naviguer. Tu t'attends à voir entrer le père Maigret.

— Faudrait qu'on va pouvoir esplorer ce sous-sol, reprend le maître-con après avoir éclusé une lampée de trois quarts de litre dans sa citerne.

J'admets :

— Oui, faudrait.

— Mais ça n'peut pas s'faire à la coule. J'pressens un monstre rebecca.

— Ça dépend, rêvassé-je.

— T'entr'voyes une soluce, grand ?

— Dans les lointains, oui.

Je le quitte pour aller demander à la patronne si elle a l'annuaire tubophonique.

La vaillante Belgique étant une nation en pleine expansion, elle m'en sort un de derrière son rade.

14

UN AMOUR COMME LE NÔTRE

Tu sais qu'il n'a pas changé du tout, au cours de ces cinq années écoulées, Martin Gueulimans, l'un des *big chiefs* de la Rousse bruxelloise. Trois ou quatre kilogrammes de surcharge pondérale, peut-être, et son front a grandi de vingt centimètres carrés au détriment de ses cheveux. À part ça, il reste lui-même. Il ressemble à un inspecteur Derrick qu'aurait l'air ni abruti, ni bourré, et qui ne posséderait pas deux phares de mobylette à la place des falots. Il a un esprit plutôt affûté et te balance à bon escient des réflexions qui font toujours mouche, et quelquefois mal !

Gueulimans paraît sincèrement ravi de me revoir et pavoise.

— J'ai su que ce serait une bonne journée, dit-il, quand j'ai vu, en ouvrant mes rideaux, qu'il faisait grand beau !

Il me voue une reconnaissance éperdue depuis le jour où je lui ai sorti une épine de cheval du pied.

Martin avait amené son épouse à Pantruche, fêter leurs noces d'argent. Et voilà qu'à l'hôtel *Rivoli* où ils étaient descendus, il rencontre une dénommée Charlotte qui avait été la femme de sa vie avant sa rencontre avec Ingrid. À la torture, le poultock bruxellois. Et puis l'idée d'un sauveur lui germe : son confrère, l'illustre San-Antonio (restez couvert !).

Il m'appelle en loucedé, m'explique son problo. Je dois coûte que coûte lui mettre au point un scénar performant lui permettant d'aller tirer sa crampe en paix. Et Bibi, aussi sec, d'inventer un thé chez maman, pour dames seules, à l'occasion de son annif. Sa gerce, je la connaissais déjà pour avoir dîné chez eux à Bruxelles : une gentille blonde, un peu dodue des hanches, mais à la quarantaine avenante.

Tout s'opère impec. Il persuade son brancard d'accepter. C'est jockey : je passe ramasser l'Ingrid à leur hôtel. Le seul os dans la noce, c'était qu'il n'y avait, bien entendu, aucun thé d'envisagé chez Félicie. Comment me sortir de cette embuscade ? À l'inspiration, bien sûr !

À peine rue de Rivoli, je me mets à raconter à la Bruxelloise que j'ai inventé cette histoire pour me ménager un doux tête-à-tête avec elle, que je la rêve depuis la première fois que je l'ai vue dans sa belle salle à manger d'acajou. Surprise au début, vaguement indignée peut-être aussi, elle se sent néanmoins flattée par cet amour secret qui résurge à point nommé. Encore dix minutes d'un baratin de grand style et je la drive dans un petit dégorgeoir d'après-midi, rue Chalgrin.

Alors là, elle s'explose le frifri, la belle âme. Captivée par la friponnité du lieu, la hardiesse de mon entreprise, Ingrid s'éclate à fond la caisse. C'est les grands cris d'énamourance en ce charmant hôtel qui en a entendu d'autres ! Je l'attaque par des trucs que son guerrier ne lui pratique plus depuis que *La*

Brabançonne a été proclamée hymne national belge. Une langue filante sur l'intérieur des cuisses la rend tout de suite réceptive. Ensuite, c'est la chouette goinfrette. Elle part en clameurs éperdues. Dans ce nid à baisouille, c'est monnaie courante, l'hymne des sommiers. La literie fatigue vite à force de malmenance. Les couples qui viennent s'essorer y mettent tout leur cœur, tu penses !

Le temps imparti est relativement court dans cette société trépidante. Faut tringler en cata, bien souvent, surtout en zone bleue. Je la grimpe à la hussard, prenant appui du bout de la rotule. Une pure frénésie. L'épopée poléonienne ! Ingrid se souvient même pas d'une embellie pareille. Elle assure que « c'est la première fois, à ce point ! » que « vous m'éclatez la craquette, monsieur le commissaire », que « c'est pas Dieu possible de frictionner aussi vite ! », « qu'elle va avoir la chatte inopérante pour plusieurs jours, à se laisser tirer aussi follement avec un outil de ce gabarit ! ». Mais qu'« ah !-que-c'est-chouette-mon-chéri-voui-encore-ne-t'arrête-pas-je-veux-tout ! »

Et puis, à quoi bon en rajouter ? Ah ! si : un détail, sa reconnaissance est telle qu'elle tient absolument à me turluter le saint-frusquin pour me montrer sa gratitude, et cependant elle est peu partante pour la bouffarde, cette chérie, n'ayant pas été initiée. Son guerrier la tire dans l'esprit « cas de force majeure », sans fioritures ni variantes. C'est le bout de trot attelé, vif et bref, dont la finalité est l'assouvissement du monsieur. Tu parles, alors, si ma prestation l'a éblouie, Ingrid ! Pour ne pas décourager les bonnes volontés, je la laisse aller au bout de son initiative. Certes, ses dents me meurtrissent un peu la calotte glaciaire, mais je tiens le coup et la résultante la laisse sans voix pour un moment.

En fin d'aprème, on retrouve mon homologue devant une bière, au bar de l'hôtel. Sa dame, peu habituée aux mensonges matrimoniaux, nous laisse « entre hommes » pour aller se prendre un bain de siège riche en assouplisseur.

« — Alors, c'était le pied de gala ? » je demande à mon chose-frère.

Il me tire une grimace qui appelle le laxatif.

« — Pensez-vous : madame avait ses ragnanas et j'ai fait ceinture ! »

« — Une petite pipe compensatoire ? »

« — Même pas : elle a horreur de ça ! »

M'est secrètement avis qu'il a bien fait d'épouser Ingrid.

« — Alors vous avez joué aux cartes ? »

« — Nous sommes allés au cinéma et le film était exécrable ! »

« — Y a des jours, comme ça », j'ai dit, en posant sur son épaule une main fraternelle.

En filigrane, j'ai évoqué cet épisode plaisant, et ma sympathie pour lui a crû en conséquence.

— Comment va Mme Gueulimans ? je demande avec un sourire pareil à la fleur d'une boutonnière de noce.

— Très bien : elle voyage, maintenant que notre fille s'est mariée. Je crois que c'est notre petit dégagement à Paris qui lui a donné la bougeotte.

— Elle a bien raison, assuré-je ; il ne faut pas qu'une épouse s'encroûte.

Il cligne de l'œil.

— Ça me laisse quelques soirées de liberté.

— Profitez-en, cher Martin.

— J'en profite.

Il rit.

— C'est une femme peu portée sur l'amour, m'explique-t-il. Or, il n'en est pas de même pour moi !

Cette saynète brillamment interprétée, nous entrons dans le vif de mon sujet :

— Connaissez-vous une certaine dame Balla- merdsche Irène, qui demeurait au Bois de la Cam- bre ?

— De nom. C'est la veuve d'un ancien haut fonc- tionnaire colonial qui fut assassiné dans des condi- tions atroces au Congo.

— Exact.

— Pourquoi dites-vous qu'elle habitait le Bois de la Cambre ? Je n'ai pas souvenance qu'elle ait déménagé ?

— Je dis qu'elle *habitait,* parce qu'on parle des morts au passé, mon bon ami, du moins en France.

Le cher Belge reste une pincée de secondes silen- cieux.

— Récent ? finit-il par s'informer.

— Quatre jours.

— Si vous êtes là c'est qu'il y a du pas catholique dans son décès, déduit-il.

— De très catholique, au contraire, fais-je, car on l'a tuée dans une église.

Le moment d'étaler les brèmes étant venu, je lui narre par le menu les circonstances de l'étrange assassinat.

Il en reste comme une bouchée à la reine farcie aux ris de veau et aux champignons de Paris avec béchamel riche en crème additionnée d'une giclette de jus de citron.

Ce qui le titille, c'est le coup de la sarbacane.

— Ça prend des dimensions, il murmure en massant sa nuque rosée.

— Des dimensions africaines, dis-je-t-il. En fond sonore, je crois percevoir des roulements de tamtam.

Il dégoupille son tubophone. Un organe plus caverneux que celui de l'homme de Cro-Magnon assure qu'il est à la disposition de mon confrère.

— Van Dest, fait Gueulimans, réunissez-moi d'extrême urgence tout ce que vous trouverez en fait de renseignements sur un ancien administrateur du Congo nommé Théodore Ballamerdsche, assassiné alors qu'il était en poste, ainsi que sur son épouse demeurant avenue du Bois de la Cambre, Bruxelles. Je veux de vos nouvelles d'ici moins d'un quart d'heure !

Il raccroche d'un air blasé, bien me montrer l'à quel point il est un chef incontesté dans sa fonction.

Je le félicite d'un sourire appréciateur.

— Ami Martin, reprends-je, mes indications officieuses indiqueraient qu'il se passe des choses troublantes chez la morte.

— Tiens donc ! De quel ordre ?

— Je n'en sais pas davantage, aussi viens-je vous proposer une alliance occulte.

— C'est-à-dire ?

— Bien qu'elle eût un pistolet dans son parapluie, rien, dans le comportement de la veuve ne saurait provoquer une perquisition à son domicile. Le fait qu'on l'ait trucidée n'implique pas qu'elle ait été soupçonnée d'avoir commis des actes illicites, d'accord ?

— Tout à fait d'accord, admet l'époux de la charmante Ingrid, laquelle a, j'avais omis de te le signaler, un exquis grain de beauté dans un repli de la chatte.

— Donc, reprends-je avec une vivacité qui en dit long comme le bras d'une vieille pompe à incendie de village sur mon tempérament de cracheur de feu, pour en savoir davantage sur ce qui se maquille dans la grande maison des Ballamerdsche, il faut perpétrer une violation de domicile.

Mon terlocuteur haut-le-corpse :

— Impossible ! La Belgique est un État de droit qui...

— Calmos, ami ! Je conçois parfaitement qu'il ne vous soit pas permis de lever le petit doigt ; aussi vous proposé-je d'agir personnellement et de façon clandestine.

— C'est-à-dire ?

— La seule chose que j'attends de vous c'est une convocation générale de tous les habitants de la maison en l'hôtel de police. Le décès tragique de cette femme justifie amplement que vous procédiez à cette réunion pour l'audition de ses proches. Rassemblez les habitants de la maison et je me charge du reste avec ce doigté qui n'est pas le plus mince de mes charmes !

Il ne sourit pas : il dubite trop pour pouvoir se payer une tranche de melon.

— Vous ne risquez absolument rien, mon bon, accéléré-je. Votre Sana joue les Bibi Fricotin. Il explore sans laisser de trace et se retire silencieusement, comme l'ombre quand le soleil luit. Après quoi, il vous fait part de ses découvertes, si tant est qu'il en fasse. Qui, dès lors, joue sur le velours ? Mon pote Gueulimans ! Qui a sa lanterne éclairée

sans s'être mouillé un seul poil de cul ? Gueulimans
Martin, toujours lui ! Je ne sais pas si on vous a déjà
proposé des produits de la pêche ayant cette fraî-
cheur, par contre je sais qu'en les refusant vous pas-
seriez peut-être à côté du plus grand coup de filet
de votre carrière.

Là-dessus, le timbre avertissant qu'un visiteur est
à la porte fait entendre son ronflement feutré.

Mon vis-à-vis presse une touche, située près de
son encrier de marbre, et un grand mec blond sur-
vient. Un gonzier a l'air pensif, mais ça doit prove-
nir de son regard pareil à deux taches de foutre sur
la main d'une shampouineuse, moi je dis.

Il m'adresse un salut, à tout hasard déférent, et
présente au Big B. une bristolerie couverte d'encre
verte.

— Les premiers renseignements, monsieur le
directeur.

Gueulimans se saisit de la fiche, la lit d'un air
appliqué, puis me la tend sans un mot.

D'un geste de la main, il congédie son subordonné et le blond au regard foutreux se remporte.

Excepté un lecteur de maison d'édition (dans ce
milieu on a mis au point « la lecture en diago-
nale »), personne n'est capable d'avaler plus vite
que Bibi ce genre de texte. J'ai la particularité
d'absorber lentement les ouvrages littéraires, mais
de « capter » en un éclair les notes d'ordre professionnel. J'apprends ainsi, à une vitesse supersoni-
que, que la résidence de Ballamerdsche au
Congo-Kinshasa fut attaquée une nuit par un
groupe de rebelles venus exercer des représailles
contre le diplomate belge, lequel avait pris une
mesure déplaisante à l'encontre de certains pillards

en les faisant jeter sans parachute d'un avion, au-dessus de l'endroit de leur forfait.

Ce jeu de l'escalade est souvent stérile, car il amène toujours des réactions fâcheuses, et ainsi se développe la surenchère.

Un groupe d'irascibles fit donc une descente à la résidence, une noye. Après avoir massacré le personnel, ils violèrent à seize l'épouse du haut fonctionnaire, et fracassèrent le crâne de sa petite fille contre le mur de la nursery, la laissant pour morte. En ce qui concerne le mari, ils le ligotèrent, pratiquèrent une ouverture dans une termitière géante et l'y engagèrent, tête première jusqu'au buste. Quand, par la suite, on le rapatria en Belgique, le malheureux disposait d'un corps normal, un tantisoit grassouillet, surmonté d'une tête de squelette qui paraissait avoir été passée au papier de verre. À la suite de cette nuit mémorable, Irène dut subir un traitement dans une maison de repos et mit beaucoup de temps à se rétablir. Sa fillette ne mourut pas, mais resta à l'état de légume.

Je repose le bristol, fortement impressionné par ce qu'il vient de m'apprendre.

— Sale aventure, dis-je assez bêtement, mais c'est pas le genre de nouvelle qui t'inspire des traits d'esprit.

Martin assure son nœud de cravate. C'est un tic, chez lui, je l'ai déjà remarqué.

On entend grésiller des radios, des téléscripteurs, d'autres appareils encore. Je me dis que la police d'à présent est bien loin de celle de Vidocq.

Gueulimans est aux prises avec quelque chose qui doit ressembler à sa conscience professionnelle. Puis, tout de go, il décroche son bignouf et aboie :

— Arrivez, Simoën !

Très vite, un homme jeune pénètre dans le vaste bureau.

— Mon plus proche collaborateur ! me le présente Martin.

Et à l'autre :

— Vous n'aurez jamais vu ce monsieur, il est donc inutile que je vous révèle son nom.

L'arrivant ne marque pas de réaction et néglige de me regarder, du moment que je n'existe pas.

— Vous allez vous rendre à la maison Ballamerdsche au Bois de la Cambre avec un minibus et quelques hommes. Vous rassemblerez tous les occupants et leur notifierez une convocation pour l'hôtel de police ! déclare le mari de la froufroutante Ingrid. Vous direz que cette réunion est relative à la mort dramatique de leur patronne, survenue dans la banlieue parisienne. Si d'aucuns jugent hâtive, voire un peu arbitraire, une telle mesure, expliquez-leur qu'elle est destinée à faire gagner du temps à l'enquête. Dites ce que vous voudrez, vous êtes un garçon intelligent et vous avez carte blanche.

Courbette du flatté qui aime visiblement se laisser humecter la compresse.

— Ce n'est pas tout, reprend mon homologue. Vous placerez un homme sûr pour, officiellement, surveiller les lieux en l'absence de ses occupants. Mais sa principale fonction consistera à ne pas réagir aux faits et gestes du monsieur qui n'est pas censé se trouver dans mon bureau en ce moment. Tout cela est-il enregistré, Simoën ?

— Totalement ! rassure l'interpellé.

L'époux de la chère Ingrid-qui-suce-comme-elle-peut-mais-ce-qui-importe-en-toute-chose-c'est-la-bonne-volonté, me demande encore :

— Vous pensez en avoir pour combien de temps ?

— Une bonne heure devrait suffire.

Si j'avais pu prévoir la suite, j'aurais tourné sept fois ma langue dans la bouche de son épouse avant de lui répondre !

15

ASSUREZ-VOUS DE L'ARRÊT COMPLET
DU VÉHICULE AVANT DE DESCENDRE

— C'est la premièr' fois qu' j'clape un sandoui-che aux frites, assure Béru, la bouche pleine et les lèvres copieusement moutardées. T'sais qu' c'est délectabe ? Y m'l'ont arrosesé d'huile pour qu' c'soye moins sec.

— Je vois, grommellé-je, tu laisses une traînée derrière toi comme un vieux Solex exténué ; je te serais reconnaissant de le finir avant d'entrer.

Sa Grosserie, devant une telle obligation, met les gueulées doubles et engloutit son en-cas en quelques efforts de gosier.

Bientôt, c'est la demeure qui semble figée dans son grand parc solitaire et glacé où deux ombres vont, tout à l'heure, passer.

Suivant ce qu'il fut convenu, la grille n'est pas fermée. Une charrette policière, au gyrophare éteint, est rangée devant le perron.

Nous le gravissons, poussons la porte ouverte. Dans le hall encombré de l'antiquaillerie déjà décrite lors de notre première venance, un flic en civil est assis sur un coffre gothique.

Il lit *Les Vies parallèles* de Plutarque, traduites par Amyot, avec une attention à ce point soutenue que notre surgissance ne lui fait même pas dresser la tête. Cette impassibilité (impassible n'est pas français) nous dispense d'échanger quelques-unes de ces turpitudes pitoyables que les hommes se croient obligés de s'adresser lorsque la vie les met en contact. Si bien que nous filons comme des dards jusqu'au sous-sol.

La porte de droite se dresse, compacte, nue, rébarbative.

Le Mastard se met à la palper, à la recherche d'une saillie quelconque susceptible d'en déclencher l'ouvrance ; mais que tchi !

Ma pomme, plus marle, c'est à l'arrière-plan que j'exerce mes recherches. Me tenant le raisonnement suivant : le système de déponage est *forcément* facile à actionner. Il doit permettre le déblocage de la lourde sans offrir le moindre problo. À tes méninges de jouer !

Je prends du recul et considère le lieu d'un œil tellement sagace que celui de Sherlock Holmes ressemblait à celui d'un veau en comparaison. Tu me laisses le temps de me gratter les testicules, dont l'ampleur est propice à des démangeaisons, et le système m'apparaît dans toute son ingéniosité. Le sol est revêtu de morceaux de tommettes aux couleurs différentes. L'ensemble compose un camaïeu terre de Sienne rouge-jaune. Plus deux petites parcelles bleues distantes de cinquante centimètres. Je pose chacune de mes pattounes sur ces éclats de grès et illico la lourde s'ouvre. Bravo, San-Antonio, t'as pas encore le cervelet farineux, ni les cellules grises poisseuses. L'astuce de ce système c'est qu'il ne peut pratiquement pas être actionné fortuitement, les deux « touches » d'ouverture se trouvant dans l'alignement l'une de l'autre, alors que les pas

d'un individu sont parallèles. Tu comprends-t-il ?
Oui ? Bravo ! Je sentais que t'étais moins locdu que
t'en avais l'air !

Un couloir, vitement aperçu naguère avec, au
fond, des portes en verre dépoli.

Nous les atteignons sans un mot. Mister Mastard
et l'élégant Santoto savent que l'instant est grave,
que cette galerie en sous-sol dessert un lieu secret
où doivent s'élaborer des choses aussi bizarres que
peu catholiques. Curieusement, on a le réflexe de
se regarder, une fois parvenus devant les panneaux
vitrés.

— J'aim'rerais bien avoir mon riboustin en
pogne, chuchote le Gros Fourré au saindoux. C'est
comm' si qu'on s'rait à loilpé !

La porte, quand je remue, a une espèce de fré-
missement avant-coureur, ce qui indique qu'elle est
à ouverture automatique.

— Paré ? je chuchote.

— Ça peut se faire ! répond le Gros en mettant
un paturon déclencheur devant soi.

Et ça s'ouvre.

Quand tu t'attends à tout, en fait tu t'attends à
rien, aussi es-tu toujours surpris par la réalité.

Tu sais quoi ? Faut vraiment t'y dire ? Bon, alors :
un dortoir. T'entends, Édouard ? Un vrai dortoir :
double rangée de lits vides. Il y en a quatorze. Au-
dessus de chacun, des appareils très cliniques dont,
d'emblée, je ne situe pas l'utilité.

La pièce est en longueur, vivement éclairée par
deux rampes de néon. Le sol recouvert d'un épais
Bulgomme amortit le bruit des pas. Je note que les
murs sont tapissés de matière isolante.

Nous échangeons un nouveau regard, le Mammouth et moi. D'intelligence, en ce qui me

concerne ; d'hébétude intégrale pour ce qui est de Bérurier.

— Où ça va, ça ? murmure-t-il.

Je ne lui réponds pas, ce pour deux raisons.

La première, c'est que je suis incapable de formuler une opinion ; la deuxième, parce qu'une chose tombe du plaftard par un menu trappon qui, aussitôt se referme.

Il s'agit d'une espèce de grosse grenade, ayant la dimension d'un melon de Cavaillon.

Je vais pour.

Mais zob et zobinche !

La chose éclate sans produire un trop gros bruit, dégageant une fumaga épaisse et grise, si âcre qu'on se met à étouffer.

L'instinct de préservation me fait rebrousser chemin. Las ! La porte de verre s'est refermée. Je tente de la défoncer, mais zob, elle est solide comme du bronze. Mes efforts cessent rapido car tout chavire en moi et me voilà aussi faiblard qu'un ver à soie. Plus moyen de respirer. Je...

16

DOMMAGINTÉRÊTS

Je vais, à présent, lecteurs et trices, me livrer à un exercice littéraire incommun : passer de la première personne à la troisième sans changer d'encre ni de slip. La raison de ce revirement radical est très simple ; même un empêché du bulbe congénital de ton espèce peut la comprendre. Étant neutralisé de corps et d'esprit, je me trouve donc dans l'impossibilité d'assumer le récit entrepris (avec brio, dis-tu ? merci !) pour ne le reprendre qu'une fois mes facultés recouvrées. Réalisant que cette interruption, d'une durée indéterminée, serait fâcheuse, j'ai donc décidé héroïquement de me saborder provisoirement et de confier les guides du récit, non plus au héros, mais à son auteur qui, je l'espère, saura poursuivre avec conscience, et — qui sait — avec humour peut-être, une œuvre considérable, au style percutant et dont l'intérêt va croissant, comme disait un pâtissier turc.

J'ajoute que dans le cas où cette tentative serait couronnée d'insuccès, en accord avec mon éditeur dont le désintéressement est pour moi une grave cause d'inquiétude, nous réciterions un chapelet pour le salut des insatisfaits.

Et maintenant, que le meilleur gagne.

*

*   *

Ils gisaient, l'un près de l'autre, dans les volutes vénéneux d'un nuage qui, venu du plafond, semblait vouloir se tasser sur le sol.

Dans un local voisin, un regard attentif scrutait le dortoir par un œilleton ménagé dans la cloison de façon si astucieuse qu'il était indiscernable lorsqu'on occupait ce dortoir.

Les yeux aigus posés sur le double tas sombre formé par les corps des deux policiers ne lâchaient pas leur proie. Au bout de ce que n'importe quel scribouillard sans génie appellerait « un certain temps » mais que je qualifierais plus précisément de « un temps certain », l'être qui surveillait le dortoir actionna un volant guère plus circonféreux que celui d'un kart ; une soufflerie se déchaîna en force dans le local où gisaient San-Antonio et son adjoint. En moins d'une minute, cette bourrasque artificielle dissipa le nuage.

Celui qui gérait ainsi le vénéneux, opta dès lors pour le salubre. Une seconde soufflerie s'activa pour remplacer l'air corrompu, par un vent des cimes si sain, qu'à côté de lui celui qui circule entre les Grandes Jorasses aurait semblé chargé de miasmes asiatiques. Cette dernière opération régénéra le dortoir qui, en moins de jouge, devint apte à accueillir des bébés scandinaves, comme on en voit sur les étiquettes des savons de toilette.

Puis le manœuvrier délaissa ses commandes pour

gagner un local attenant, sorte de minuscule salle
d'attente, où deux personnes en forme de couple
fumaient des cigarettes américaines sans parler.
L'homme portait une gabardine très claire, sanglée
à la taille par une ceinture. Il avait la boule à zéro
et compensait cette calvitie intégrale par une barbe
d'un blond d'or, frisée comme la chevelure d'un
ange du XIIIe. La femme, par contre, était intensé-
ment brune et basanée. Ce couple était jeune. Le
julot, qui paraissait l'aîné, ne devait pas avoir trente
ans.

— C'est O.K., fit le survenant, vous pouvez les
embarquer.

Les intéressés écrasèrent leurs cigarettes dans un
cendrier réclame et suivirent « l'officiant » jusqu'au
dortoir. Avant d'y pénétrer, il se munirent d'une
espèce de Caddie plus grand que ceux qu'utilisent
les clients des grandes surfaces.

Quand ils furent près des deux gisants, ils déci-
dèrent de « charger » le plus gros en premier.
L'homme était si lourd qu'ils eurent beaucoup de
mal, même en s'y prenant à trois, à le hisser dans
le Caddie. Celui-ci ployait sous la charge et ses
roues se mirent à tourner en composant des « 8 ».
Ils longèrent un couloir en pente, s'arc-boutant
pour freiner le chariot. Le souterrain mesurait une
trentaine de mètres et s'achevait dans un étroit
local comportant un monte-charge sur lequel ils
poussèrent leur victime. Il ne restait que l'homme
à la barbe et la femme brune, le troisième acolyte
était demeuré dans le couloir.

Le couple déboucha dans un hangar de faible
importance encombré de caisses. Deux voitures s'y
trouvaient : une Range Rover et une Jaguar. Le coffre de la première béait. Ils placèrent le Caddie

contre le couvercle baissé et, joignant leurs forces, firent passer le corps du gros type dans le coffre.

Ensuite de quoi, ils partirent chercher le second policier.

Leur deuxième charroi leur coûta moins d'efforts. Néanmoins, l'homme et la femme étaient en nage quand ils ajustèrent le plateau de plastique recouvert de feutrine grise par-dessus leurs passagers inanimés.

Ensuite ils prirent place dans le véhicule et démarrèrent. Une cellule photoélectrique commandait l'ouverture du portail. Cette porte donnait sur une voie provinciale où deux chiens de bonne compagnie s'entreflairaient l'orifice avec circonspection.

La Range Rover s'élança bientôt dans l'avenue du Bois de la Cambre. Son conducteur brancha la radio et obtint une musique rock dont il se satisfit. La femme augmenta l'intensité du chauffage. Elle se sentait incertaine et triste.

17

LA FÉE CARJOLAINE

Martin Gueulimans (que ses condisciples, jadis, avaient surnommé Martin Grande-Gueule), alluma un cigare et se versa un verre de Cointreau (la liqueur des gens d'esprit).

Il ne lui déplaisait pas de se retrouver seul à la maison. Il appréciait la qualité du presque silence dans lequel il macérait. Enfant de mineur, né dans une famille nombreuse, il avait toujours apprécié la tranquillité et, dès son plus jeune âge, rêvé d'habiter en célibataire un appartement confortable dans lequel une pendule constituerait l'unique source de nuisance sonore. Depuis que son épouse avait contracté le goût des voyages, il réalisait cette modeste ambition d'un confort solitaire. Il hésita à brancher la télé, mais l'heure l'en dissuada en amenant à son esprit la cohorte de jacteurs que lui infligeraient les programmes en cours.

S'installant dans un fauteuil que prolongeait un repose-jambes, il se prit à évoquer le cul expressif d'une certaine Marguerite qui lui avait turluté le nougat en fin d'après-midi. Il s'était allongé tout vêtu sur son couvre-lit de satin jaune, après avoir posé ses chaussures, et avait regardé s'activer la chère femme dans la glace de son armoire. La luronne possédait de rudes fesses (à peine malmenées par les vergetures de la quarantaine) sérieusement velues, qu'il avait entrebâillées discrètement pour donner quelque pâture à son imaginaire. La pipe avait été rondement menée et de manière irréprochable, la bonne Marguerite ne faisant point à son partenaire l'injure d'expectorer les produits de la ferme, réaction certes courante mais qui désoblige confusément le mâle qui considère sa semence comme un présent du ciel. Il ne suffit pas de s'assouvir, faut-il encore que l'opération s'accomplisse dans un climat de générosité, sinon de passion.

Le souvenir frais de cette pipe de belle facture émoustilla Martin. Un instant, il caressa la perspective d'aller confier sa bite à une fille experte, nommée Cunégonde, qui s'y entendait comme pas deux pour chevaucher un partenaire sur une chaise. Il arrivait à ce haut fonctionnaire de tirer jusqu'à trois coups par jour quand ses sens étaient sous pression, à condition toutefois de changer de monture à chaque coït.

Sa perplexité vola en éclats soudain car deux sonneries retentirent simultanément : celle du téléphone et celle de l'entrée. Le bigophone étant à portée de main, il l'empoigna de sa large patte de flic couverte de poils roux. C'était son épouse qui l'appelait de Madère. Il la pria d'attendre et courut délourder. Il se trouva en présence de l'officier de police Van Tardyse, le flic qui était de faction naguère chez l'antiquaire.

— Entrez ! fit Martin ; je suis au téléphone.

Ingrid lui annonçait que, contrairement aux prévisions, elle différerait son retour d'une huitaine

« tellement qu'il faisait beau ». L'époux accueillit la nouvelle sans montrer de contrariété, considérant cette prolongation comme un supplément de vacances. Bien des couples harassés se réjouissent de leurs séparations momentanées, lesquelles, pensent-ils, régénèrent leur amour, alors qu'en réalité elles achèvent de le scléroser.

— Qu'est-ce qui te fait rire ? demanda-t-il a son brancard qu'il croyait entendre glousser.

— Un dessin animé à la télé, répondit-elle.

Mais en réalité, elle se faisait brouter par le masseur suisse de l'hôtel, un certain Léonard, dont l'appétit sexuel était inextinguible. Tout en pratiquant cet aimable cunnilingus, il lui enfonçait le manche de caoutchouc de son rouleau anticellulite dans la moniche, entreprise audacieuse, porteuse de sensations fortes qui faisaient se pâmer la belle.

Elle n'eut pas de mal à écourter leur conversation.

Les deux hommes adoptèrent une attitude plus conforme : Martin récupéra son fauteuil et son verre de Cointreau tandis que Van Tardyse restait à la verticale, les bras dans l'alignement de son sexe.

— Suivant vos instructions, commença Van Tardyse, je viens au rapport privé, monsieur le directeur.

— Je vous écoute, l'encouragea le chef.

Et il but une gorgée de feu doux à l'arôme d'écorce d'orange. Le Cointreau était pour lui une liqueur enchanteresse. Une récompense qu'il avait la volonté de s'accorder avec parcimonie.

Le récit de son subordonné était celui d'un excellent élément de la police bruxelloise. L'officier poulardin se présentait comme un homme de taille moyenne, aux épaules larges et à la poitrine épaisse.

Il était blond fade, avait la peau laiteuse constellée de grains de beauté, des yeux limpides comme un ciel d'été, et de grandes oreilles étrangement rouges de gars qui vient d'essuyer une paire de tartes dans la gueule. Son complet veston de tissu gris clair faisait des poches aux coudes et aux genoux mais conservait un aspect strict. Sa cravate rouge bordeaux se mariait le mieux possible avec les taches de vin qui l'agrémentaient. Pour le résumer parfaitement, il est bon d'ajouter qu'il avait une gueule à remplacer la paille de son gin-fizz par un thermomètre.

Avec un sens parfait de l'économie dans la narration, il dit qu'il s'était installé dans le magasin d'antiquités avec un livre. Le commissaire San-Antonio était arrivé un peu plus tard, en compagnie de son adjoint, un type obèse, absolument infect, qui libérait des incongruités en marchant, voire également en parlant. Les deux hommes s'étaient immédiatement rendus au sous-sol où, respectueux des consignes particulières qu'il avait reçues, Van Tardyse les avait suivis sans révéler sa présence.

Une fois en bas, les deux Français avaient cherché le système d'ouverture d'une porte et l'avaient découvert en très peu de temps, ma foi. Ils s'étaient engagés dans un long couloir et avaient disparu. Le flic s'était alors embusqué dans le sous-sol pour attendre leur retour.

Deux heures s'étaient écoulées sans que les Franchouillards ne réapparussent. Leur confrère belge décida alors de partir en reconnaissance. Ayant vu de quelle manière s'ouvrait la porte du souterrain, il dégaina son pistolet, en releva le cran de sûreté et pénétra dans le passage secret. Là, il marqua une pause pour s'oxygéner les poumons.

— C'est très intéressant, approuva Martin Gueulimans. Prenez donc un Cointreau !

Il désigna verre et bouteille au vaillant qui en rougit de partout (sauf des oreilles puisque c'était déjà acquis).

Van Tardyse n'emplit le verre qu'à demi pour montrer qu'il avait du savoir-vivre à ne plus savoir qu'en foutre. Il porta un toast ému à son directeur et avala une gorgée de poussin, pas passer pour un boit-sans-soif. Après quoi, il repartit dans son récit.

Le couloir conduisait à un dortoir meublé de lits style hôpital tous plus vides l'un que l'autre. Attenant, se trouvait une espèce de laboratoire jouxtant un local de rangement encombré de flacons et ustensiles d'apparence chirurgicale. Une pièce seulement meublée de sièges évoquait une sorte de salon d'attente. Il existait encore une petite chambre à deux lits que flanquait un cabinet de toilette.

Van Tardyse n'avait eu aucune difficulté à découvrir la seconde issue : en l'occurrence un monte-charge débouchant dans le hangar d'une propriété voisine où était remisée une Jaguar. La sortie d'icelui s'effectuait dans un chemin privé.

Il se tut et but une nouvelle gorgée du merveilleux breuvage.

— Anselme, murmura Martin Gueulimans, avez-vous songé à faire valoir vos droits à l'avancement ?

— Pas encore, monsieur le directeur.

— Alors n'attendez plus, mon garçon ! Je vous donne le feu vert.

Une tache d'humidité déshonora le pantalon du flic, mais il ne s'en aperçut pas tant était intense son émotion. Il aurait aussi bien déféqué en ayant seulement l'impression de voyager en classe Pullman. Ainsi nos supérieurs ont-ils une grande influence sur notre vessie et nos sphincters.

— Ce n'est pas tout, se risqua le prénommé Anselme.

— Quoi d'autre, mon ami ?

Son ami ! L'officier de police en fut au bord de l'éjaculation.

— La Jaguar de ce hangar appartient à la dame Ballamerdsche, continua-t-il, ainsi d'ailleurs que la propriété contiguë où elle est remisée.

— Voyez-vous ! fit Martin.

Il réfléchit et ajouta :

— Logique !

Il y eut alors une grande plage de réflexion, productrice d'idées intéressantes. Au bout de ce *no man's land* verbal, Gueulimans fit claquer ses doigts comme, en classe, le demeuré du cours élémentaire deuxième année qui demande la permission d'aller aux cagoinsses quand c'est l'heure de sa branlette.

— Je flaire du pas ordinaire ! déclara le tout-puissant dirluche. Puisque vous avez levé le lièvre, il vous appartient de courir après, mon brave Anselme. Livrez-vous à une enquête aussi discrète que serrée à propos de la mère Ballamerdsche. Interviewez les occupants de la maison. Ils ont été entendus dans nos locaux, ce matin, mais nous n'avions que des questions informelles à leur poser. Maintenant que nous avons découvert ce dortoir clandestin à double issue, on doit pouvoir s'orienter vers des éléments positifs.

— Je vais me consacrer à fond à cette affaire, monsieur le directeur.

— Autre chose qui m'inquiète beaucoup : je suis

sans nouvelles de nos deux confrères. Je suppose qu'ils sont repartis par la propriété voisine puisque vous ne les avez pas revus.

— C'est très probable, admit le futur promu.

— Mon homologue français est pour moi davantage qu'un confrère : presque un ami. Son silence me trouble ; pensez-vous qu'il ait pu leur arriver une couille à lui et à son adjoint ?

— Tout est envisageable, reconnut Van Tardyse qui savait la vie.

— Prenez du monde, et mettez-vous à sa recherche.

— Parfaitement.

— Il nous faut des résultats rapides, Anselme ! San-Antonio est une personnalité de premier plan. Il a l'oreille de l'Élysée et la sympathie du grand public ; en outre il a un pouvoir de séduction qui lui vaut les faveurs d'une quantité inimaginable de femmes. S'il lui arrivait malheur, ce serait deuil national en France !

— Moi, je ne lui trouve pourtant rien de rare, ne put s'empêcher de murmurer Van Tardyse qui baisait de manière mesurée et sans déchaîner des passions torrides.

18

PAS DE QUOI EN FAIRE UN FROMAGE

Le couple s'était arrêté dans un restaurant d'Anvers spécialisé dans le haddock poché à la crème, mets dont l'homme raffolait. Sa complice qui n'avait pas faim, se satisfit d'un café au lait accompagné de quelques toasts grillés. Son expression désabusée inquiéta le barbu.

— Ça n'a pas l'air d'aller fort ? remarqua-t-il en découpant une pomme de terre cuite à l'eau, dans la sauce onctueuse.

Elle haussa une épaule.

— J'ai horreur de m'en prendre à des flics, ça va à l'encontre de toutes les règles ; surtout que celui-ci semble être un type de première catégorie.

— Qu'en savez-vous ?

— Pendant que nous le transportions, son portefeuille est tombé et j'ai regardé ses papiers.

— Eh bien, vous avez eu tort, dit le barbu chauve, son identité ne nous regarde pas. Notre mission consiste uniquement à livrer ces deux individus à Anvers.

Il mangea sa morue de grand appétit. Sa complice grignota une rôtie pour la forme. Elle comprenait mal l'étrange spleen qui s'était emparé d'elle. Il l'avait saisie dans le souterrain, pendant qu'elle aidait à coltiner le policier inanimé jusqu'à la Range Rover. Cet homme lui rappelait confusément un garçon avec lequel elle avait travaillé plusieurs années auparavant. On l'avait chargée de le séduire, puis de l'empoisonner. Elle s'était froidement acquittée de sa tâche mais, par la suite, un obscur tourment l'avait obsédée et, malgré le temps écoulé, le visage du mort persistait à visiter ses nuits blanches.

Son compagnon continuait de manger voracement. Il y avait en lui une gloutonnerie bestiale, malgré sa relative distinction. Il s'assouvissait à la manière d'un animal affamé, comme certains chiens de garde auxquels on apporte leur pitance quotidienne.

— Vous croyez qu'ils sont morts ? demanda la femme.

Il la regarda et songea qu'elle avait un léger strabisme convergent, ce que l'on appelle « une coquetterie dans l'œil ». Au lieu de l'enlaidir, cette anomalie faciale ajoutait à son charme oriental.

— S'ils l'étaient, on ne nous demanderait sûrement pas de les trimbaler jusqu'à Anvers, finit-il par répondre.

Ils ne se parlèrent plus avant qu'il réclame l'addition. C'étaient des gens qui avaient appris à vivre pour eux-mêmes et que les autres intéressaient peu. Au demeurant, ils restaient extérieurs à « l'Organisation ». D'après le blond barbu, ils constituaient « des éléments de main » de luxe.

Le conducteur consulta sa montre.

— Nous sommes encore en avance, fit-il ; l'homme devant lequel nous devons nous annoncer ne prendra son travail que dans un quart d'heure.

— Comment saurez-vous que c'est « le bon » si vous ne le connaissez pas ?

— Il aura une paire de lunettes à monture d'écaille accrochée à la poche de poitrine de son uniforme.

— Et s'il n'est pas en place au moment où nous nous présenterons ?

— Vous irez à pied auparavant, voir s'il est de service.

— Et au cas où il n'y serait pas ?

— Il conviendrait d'attendre.

— Jusqu'à quand ?

Le conducteur eut une mimique impatientée.

— Bon Dieu, Lola, qu'est-ce qui vous prend de vous noyer dans un verre d'eau ! Ma parole, je vous trouve bizarre aujourd'hui ; vous avez vos trucs, ou quoi ?

— Quelle galanterie ! fit la femme.

Elle haïssait ce compagnon « d'équipées ». Elle le soupçonnait d'être pédophile et quelque chose en lui l'écœurait. Ils travaillaient ensemble depuis six mois et accomplissaient de la bonne besogne, mais sans que leur association créât le moindre lien entre eux.

Ils firent pensées à part, assis dans la Range Rover en stationnement. Sur la montre du tableau de bord, la grosse aiguille semblait être aussi lente que la petite.

— Gunther, fit soudain Lola, ça va durer jusqu'à quand, cette vie ?

— Pas le genre de question qu'il faut poser dans notre job, ma chère ; elle donne à réfléchir à nos employeurs et il n'en sort rien de positif.

Il sourit :

— Vous rêvez d'un foyer, avec petit enfant, jardinet et vacances balnéaires ?

La femme brune hocha la tête.

— Ce à quoi je rêve n'est pas formulable ; du moins pas en ces termes.

— Disons que vous commencez à être tentée par une vie rangée ?

— Je ne sais pas trop. Vous savez ce que disaient les juifs pendant l'Occupation ? Qu'ils espéraient une vie où, quand on sonne chez vous de bon matin, on n'est pas certain qu'il s'agisse du laitier, mais où l'on est sûr, en tout cas, que ce n'est pas la Gestapo.

En guise de réponse, il mit le contact et roula posément en direction du port. Au fur et à mesure qu'ils s'en approchaient, une forêt de grues se détacha sur le ciel pommelé. Ce spectacle fascinait Gunther parce qu'il était évocateur de voyages lointains par-delà les océans. Il avait toujours projeté d'entreprendre des croisières et n'en avait jamais fait.

Se conformant aux instructions données, il prit la direction du port franc. Lorsqu'il aperçut une série de guérites vitrées, il ralentit et stoppa derrière une montagne de ballots regroupés dans d'immenses filets.

— Je vous attends, fit-il en coupant le contact. Vous vous rappelez ? Notre homme doit avoir des lunettes d'écaille accrochées à la poche poitrine de son uniforme.

— Et lui, demanda-t-elle, comment me reconnaîtra-t-il ?

— On lui aura montré nos gueules sur photos.

Cette annonce la déprima davantage encore. Elle réalisait à quel point Gunther et elle ne constituaient que du « matériel de travail ». Elle assura la ceinture de sa gabardine et s'avança vers les postes de filtrage. Il n'y en avait que deux en fonctionnement, les autres, à cette heure creuse, étaient interdits par des chaînes.

De loin, elle sélectionna « leur homme » : un type ventripotent à grosse moustache roussâtre. D'ailleurs il l'avait immédiatement identifiée depuis sa guitoune sur laquelle la pluie parcimonieuse accrochait de grosses perles indolentes.

Quand elle parvint à son guichet, il tapota ses lunettes à travers sa poche, comme pour lui confirmer que c'était bien à lui qu'elle avait affaire. Il prit un papier sous la tablette lui servant de pupitre et le plaça en évidence devant elle.

— Contrordre, murmura-t-il. Il y a une enquête des douanes dans le port, assistées de la police. Vous devez aller attendre des instructions à cette adresse.

Tout en parlant, il lui désignait le papier d'un hochement de tête. Elle s'en saisit d'un geste preste, adressa un signe évasif au préposé et repartit de son allure souple.

Le fonctionnaire contempla les jambes de la femme, ses hanches étroites, ses fesses qui ondulaient dans l'imperméable. Il se dit que le type qui se l'envoyait avait de la chance.

Le contretemps qu'elle lui annonçait mit Gunther de méchante humeur. Il détestait l'imprévu.

Il prit le billet comportant l'adresse qu'il devait rallier et grommela des imprécations car il ne situait pas le lieu où on leur enjoignait de se rabattre. Il avait à cœur de ne jamais demander sa route, surtout lorsqu'il était en mission.

Il regagna la ville et stoppa devant un kiosque à journaux où il fit l'emplette d'un plan d'Anvers.

19

LE PLUS VIEUX PONT DE PARIS
SE NOMME LE PONT NEUF

Anselme Van Tardyse possédait, décidément, de solides qualités de flic.

S'étant mis au lit après une journée remplie à ras bord, il ne put trouver le sommeil auquel il avait droit. Son épouse, réveillée par son agitation horizontale, crut un instant que le démon de la chair tenaillait son cow-boy et lui plaça une main tombée sur le bec verseur. Elle déchanta devant la flaccidité du sujet ; il n'y avait — à moins d'une laborieuse mise en condition —, rien à espérer de la mollasserie tripière qu'elle pétrissait. En femme résignée, elle remit à plus tard un éventuel coup de bite qui, de toute manière, ne la conduirait point à l'extase, et demanda au petit Jésus de la faire se rendormir, ce qu'Il lui accorda dans les meilleurs délais. Nombre d'épouses négligées se rabattent ainsi dans les compensations de la foi et, sans y trouver pleinement leur compte, s'en satisfont. Toutes les voies sont bonnes, qui mènent au ciel, et les femmes mal baisées auront droit comme les Justes à leur lot de paradis.

Le rendormissage imédiat de l'épouse laissa son conjoint dans un état de désemparement qui l'amena très vite à haïr son lit. Au bout d'une période désobligeante parce que frustrante, Anselme se leva, espérant qu'une précoce libération de sa vessie l'induirait à se recoucher, mais zob ! Il rafla ses harnais sur la chaise où il les pêle-mêlait et alla se vêtir dans la cuisine. Une énorme cafetière assoupie au coin du feu recelait encore des trésors énergétiques. Il emplit son bol d'un liquide noir, tiède et amer, qu'il avala sans le sucrer.

Quelques instants plus tard, comme on dit puis du côté de Saint-Clair-de-la-Tour, de Ruy, de Mozas, de Saint-Alban-la-Grive et autres lieux qui me sont pareillement chers, il roulait en direction du Bois de la Cambre.

Une dame en fourrure-pas-chère montait la faction au bord de l'avenue, dans l'espoir d'un tomobiliste nuiteux ayant les bourses et le portefeuille pleins.

Van Tardyse eut la tentation de s'en faire tailler une petite express à son volant. Il jouissait d'un tarif préférentiel auprès des prostituées bruxelloises dont certaines l'écrémaient à l'œil. Mais il se sentait trop motivé par son enquête pour lui distraire le moindre centilitre de semence. Il avait besoin de toute son énergie et il savait qu'un gladiateur ne peut disposer de son foutre avant un combat.

À cette heure pleine de la nuit, la circulation devenait de plus en plus fluide, voire espacée. Au loin se dressait la vaste villa de feue l'étrange dame Ballamerdsche. Dans la clarté morte baignant ce coin tranquille, elle lui fit songer à la fameuse toile de son compatriote René Magritte intitulée *L'Empire des lumières*. Le policier leva le pied et se mit à rouler au pas pour mieux se pénétrer de l'atmosphère irréelle qui s'en dégageait. La façade de l'importante maison était obscure, à l'exception du perron où une lampe devait briller toute la nuit.

Van Tardyse longea la propriété, puis obliqua dans la rue tranquille qui la cernait dans sa partie nord. Il poussa jusqu'à la seconde demeure, dont le hangar servait d'issue au souterrain qu'il avait découvert. Il stoppa et descendit de sa voiture pour venir observer les lieux à travers la grille. Il faisait sombre autour de la propriété aux dimensions modestes qu'on pouvait apercevoir au-delà du hangar.

Un bref instant, ce fonctionnaire d'élite fut tenté de s'y introduire, mais il chassa vite l'illicite pensée, se consolant à la perspective de revenir bientôt, nanti des documents indispensables pour effectuer une perquisition. Quelque chose l'avertissait qu'il tenait avec cette affaire un coup médiatique de première grandeur, capable de le propulser vers les sommets.

Comme il remontait l'avenue en sens inverse, il donna un coup de patin qui abrégea la vie de ses pneus d'un bon centimètre de gomme.

— Chat de pute ! gronda-t-il, ce qui constituait son imprécation des grandes circonstances.

Il venait d'apercevoir, non loin de la maison Ballamerdsche, une grosse Chrysler crème et jaune comme un sorbet dont le sigle en étoile brillait dans la clarté d'un lampadaire. Cette tire, le perdreau en était certain, était celle dont se servaient les deux policiers français. Il la dépassa et se rangea quelques mètres plus loin. Il actionna la poignée d'une portière avant et ouvrit sans difficulté. Bien l'insouciance française, cette négligence. À partir

du moment où il s'agit d'un véhicule de
location, il n'a plus rien à branler des précautions
les plus élémentaires, le Franchouille. À se demander comment a fait la France pour perdurer
jusqu'en l'an 2 000 !

L'exploration de la boîte à gants lui prouva qu'il
avait vu juste : les papiers de location s'y trouvaient,
au nom de San-Antonio.

— Chat de pute ! réitéra Van Tardyse, ces deux
Parisiens ont dû être enlevés !

Il en conçut un sentiment indicible où entrait une
part de jubilation. Néanmoins il fouta le bordel
dans le Landerneau pour obtenir séance tenante la
liste des automobiles appartenant à la défunte Mme
Ballamerdsche.

Il n'obtint satisfaction qu'au petit matin, après
une nuit assez folle. Quand Van Tardyse sut que la
voiture manquante était une Range Rover bordeaux dont la plaque minéralogique comportait
quatre 3, il ne se sentit plus de joie et mit en branle
le dispositif « Brabant et Septentrion », c'est-à-dire
celui qui décoiffe.

À cet instant, sa promotion commençait à étin-
celer comme le soleil d'Austerlitz dans le petit
matin cafardeux.

20

PANTALON ET CHAPEAU BAS !

C'était une coquette petite villa qui disparaissait sous les plantes vivaces. Ce que les bonnes gens, jamais à court de comparaison, appellent une maison de poupée. Murs de briques rouges, fenêtres peintes en blanc, à petits carreaux, baie vitrée donnant sur un jardin où les fleurs devaient foisonner à partir de la belle saison. Le garage ne pouvant héberger qu'un seul véhicule, Gunther avait laissé la Range Rover dans l'allée de ciment qui y conduisait.

Ils avaient attendu la nuit et la complète désertification du quartier pour examiner les deux hommes inanimés. Ceux-ci avaient un aspect inquiétant et donnaient vraiment à croire qu'ils étaient trépassés. Pour se convaincre du contraire, Lola appliqua la main sur leurs poitrines. Les battements qu'elle capta étaient d'une lenteur qui ne lui disait rien qui vaille.

Ils furent reçus par un homme grand et maigre, d'une quarantaine d'années, dont les cheveux pendaient de chaque côté de son visage émacié. Le docteur De Bruyne. Son nom se lisait sur une plaque de cuivre à côté de la porte. Il avait le regard triste et navré des gens qui s'entendent mal avec l'existence.On l'avait prévenu et il savait ce qu'il lui suffisait de connaître à propos des gens auxquels il allait accorder l'hospitalité.

Le couple se vit attribuer une petite chambre pomponnée et joyeuse. Elle était meublée de façon douillette. La cretonne, la dentelle, les coussins et de multiples mièvreries propres aux demeures du Nord abondaient.

Leur hôte leur dit :

— Je vous informerai quand vous devrez rentrer vos passagers.

Et il les planta là, sans se soucier de leur confort.

Quand la nuit tomba, il revint toquer à la porte.

— Vous pouvez, maintenant ! Vous « les » mettrez dans la pièce d'à côté.

Docile, le couple procéda au déchargement.

— On devrait les attacher, fit Gunther, lorsque les deux hommes qu'ils convoyaient furent étendus sur un tapis à bouclettes.

— Vous êtes optimiste, ricana Lola, si vous croyez qu'ils risquent de se sauver dans l'état où ils sont !

Malgré cet avis, son compagnon d'équipée sortit une paire de menottes de sa poche et emprisonna un poignet de chacun des deux gisants en prenant soin de faire passer la chaîne d'acier par la grille du cendrier qu'il avait retirée de la cheminée.

Après quoi, il s'installa dans le fauteuil de leur chambre tandis que Lola s'allongeait sur le lit. Elle crut qu'elle allait s'endormir, mais les ronflements sauvages de son complice l'en empêchèrent.

Au bout d'une heure insoutenable, elle se leva et sortit pour se rendre aux toilettes, dans le vestibule de l'entrée. En passant devant la porte vitrée du salon, elle aperçut leur hôte et une vieille dame aux cheveux blancs, assis côte à côte devant un appareil de télévision. La vieillarde paraissait somnoler. Le docteur De Bruyne regardait une émission du genre « débats » en sirotant un verre d'alcool. La bouteille reposait sur le plancher, près du canapé.

Lola se rendit dans la pièce où gisaient leurs prisonniers. Leur immobilité et leur silence troublèrent la jeune femme. Une fois de plus, elle les crut morts et s'agenouilla pour les palper. Mais non ; contre toute apparence, la vie s'obstinait dans ces deux carcasses pantelantes.

Elle s'assit non loin d'eux, à même le plancher, en appuyant son dos contre le mur. Un rai de lumière blanche, filtrant entre les rideaux mal croisés, éclairait en partie le visage de celui qui, confusément, l'émouvait. Elle cherchait les raisons de son trouble. Il y avait certes cette ressemblance avec un autre homme qui l'avait impressionnée autrefois. Mais la fascination qu'elle subissait devait avoir une cause plus profonde. Elle avait beau l'analyser, aucune explication valable ne s'imposait. Elle finit par convenir qu'il l'excitait, tout simplement. Elle était compliquée, du point de vue sexuel, et aucun mâle ne l'avait réellement conquise. Certes, elle avait eu des coups de cœur, des élans, des envies, mais ces « perturbations » avaient toujours été passagères et rapidement contrôlées.

N'y tenant plus, elle s'approcha à genoux du gisant et, d'une main incertaine, lui caressa le visage. Ses joues râpeuses la mirent tout de suite en émoi. Elle abandonna la figure de l'homme pour couler les doigts sous sa chemise dont plusieurs boutons avaient sauté pendant qu'on le manipulait.

Le contact de ses poils frisés l'excita à un degré qui
la surprit. Elle ne se lassait pas de peigner des doigts
cette toison virile. Son souffle devenait ardent. Elle
sentait monter en elle une exaltation qui la stupé-
fiait car elle n'avait jamais rien éprouvé de comparable jusque-là. Une espèce d'ivresse terrible
mettait son corps en feu. Elle ne parvenait pas à la
contrôler. Cela faisait penser à une bourrasque.

Sa main affolée descendit le long du corps inerte
et se blottit entre les jambes. Elle pétrissait ce sexe
en gémissant, folle de le voir insensible à sa frénésie. Des larmes lui vinrent, inattendues. Un fabuleux bouleversement s'opérait en elle, qui semblait
sur le point de l'engloutir.

— Ah ! je t'aime ! lança-t-elle à l'homme éva-
noui.

Elle saisit sa tête à deux mains, comme un gros
fruit dans lequel elle mordit. Les lèvres de son partenaire inconscient éclatèrent et elle savoura le
goût fade, légèrement salé, de son sang.

Sa folie érotique s'accrut. Elle ôta son slip noir
et remonta sa proie jusqu'à ce que son sexe en feu
s'écrasât sur ses lèvres. Elle poussait un étrange
roucoulement entrecoupé de plaintes. Le va-et-
vient de son bassin devenait plus précipité. Et tout
à coup, elle eut l'impression d'exploser. Le bas de
son corps s'embrasa et Lola crut qu'elle s'évanouis-
sait. Elle s'abattit sur son prisonnier avec un râle
d'agonie (1).

Cette fille si ardente faisait peu l'amour. Elle
avait les sens en jachère. Parfois, elle ressentait une
inclination pour un homme, mais très vite cet élan

---

(1) Ce passage, d'une haute tenue bricolo-érotique, a obtenu le
Rassis d'Or au Festival de Copenhague.

sensuel se dissipait pour laisser place à une froideur hostile et elle éprouvait une sombre rancune à l'égard du mâle qui l'avait troublée. (1).

Anéantie, elle restait immobile et haletante, totalement chavirée par cette vague de jouissance qui venait de la balayer. Faire l'amour avec un individu inconscient, voilà qui était singulier.

— Joli tableau ! fit une voix derrière elle.

Elle sursauta, tout de suite morte de honte, et découvrit son partenaire dans l'encadrement de la porte de communication.

— Vous faites un de ces raffuts quand vous prenez votre pied ! dit Gunther. Bon Dieu, je ne vous imaginais pas aussi chienne ! Il vous excite à ce point, ce type ?

— Foutez-moi la paix, espèce de sale pédale !

Son compagnon ne se formalisa pas.

— J'admets qu'il est plutôt beau gosse, convint-il. Il doit être bien membré : vous avez vu la largeur de ses pouces ? Dommage qu'il soit inanimé, nous pourrions nous l'envoyer tous les deux ; ce serait farce. Nous n'avons jamais eu de connivence sexuelle ensemble ! Ça fortifierait notre amitié.

— N'employez pas de mot pareil ! gronda Lola. Il n'y a pas d'amitié entre nous, même pas une ombre de sympathie. Nous sommes seulement des complices, restons-le.

Il eut une grimace. Elle rêva d'un seau de vitriol à lui flanquer au visage. L'antipathie que cet être lui inspirait venait de se transformer en haine.

---

(1) Passage d'une forte maîtrise littéraire et d'une grande beauté formelle.

Jean Dutourd.

— Maintenant, laissez-moi ! ordonna-t-elle
durement.

Et elle s'allongea sur le méchant tapis.

— O.K., fit-il, vous serez mieux ici pour guetter
son réveil ! Si toutefois il reprend connaissance
avant l'aube, ce qui me paraît très improbable. Je
ne sais pas quel produit a été administré à ces deux
types, mais comme anesthésie, ça se pose là !

Il se retira après un dernier sourire qu'il voulut
le plus sarcastique possible.

Quand il fut sorti, elle se releva pour bloquer la
porte avec un dossier de chaise.

21

NE FUME PAS : C'EST DU BELGE !

L'officier de police Anselme Van Tardyse dormait mal, le visage dans le creux de son bras replié. Il se tenait dans un coin de la salle des téléscripteurs. Ceux-ci crépitaient avec une sécheresse mécanique. Parfois, la sonnerie courte d'un téléphone intérieur se mêlait au concert. Une voix de fonctionnaire retentissait, sèche, précise, pour jeter un ordre ou demander un renseignement. Il faisait chaud, comme dans le bureau de Maigret, autrefois. Quelqu'un fumait de l'Amsterdamer à l'odeur mielleuse. Van Tardyse reposait en équilibre instable entre vapes et réalité. Terrassé par la fatigue, il tenait à récupérer. Les flics, pareils aux routiers, savent qu'un somme, parfois bref, peut requinquer son homme. Aussi, ce qui subsistait de confusément conscient en lui, l'exhortait à rester ainsi le plus longtemps possible dans cette farouche prostration réparatrice.

À travers ses vapes, il songea qu'il bandochait. Mais ça provenait de son état, l'insomnie étant amie du chibre. Il avait connu de ces bandaisons prometteuses qui, une fois mises en application, se révélaient inutilisables. Triomphantes au départ, elles laissaient vite place au sommeil et tu te retrouvais comme un zozo dans les miches d'une dame déçue jusqu'aux glandes.

Par instants, les préposés aux appareils lui coulaient un regard mi-apitoyé, mi-amusé, et échangeaient des mimiques. Ils avaient bien dormi, bien petit-déjeuné et pris le bain du matin. Ils portaient du linge propre et avaient des traces de talc sur les joues. Le gars Anselme, lui, commençait à fouetter gentiment la ménagerie. Les odeurs sont le mètre étalon de la modestie. L'homme qui pue ne peut nourrir le moindre orgueil.

Nos corps, sans relâche, nous racontent notre précarité.

— Il ferait mieux de rentrer se coucher, dit un secrétaire à moustache qui venait apporter un dossier.

— Il n'en est pas question ! fit Van de Foutre qui dirigeait le service. Le plan « Gros Sel » est déclenché.

— À propos des collègues français ?

— L'un des deux est la tête pensante de la Police française, tu permets. S'il lui arrive une bricole sur le territoire belge, on pourra tous émigrer en Hollande !

Son terlocuteur se retira en hochant la tête.

La demi-torpeur qui baignait l'endroit redevint étale. L'un des gars se mit à manger des biscuits secs et cela fit comme lorsqu'on foule des brindilles dans un sous-bois.

Soudain, il appela :

— Anselme !

L'officier de police, réveillé en sursaut, faillit choir de son siège. Tout de suite lucide, il demanda :

— Du nouveau ?

— On le dirait, acquiesça le préposé en griffonnant des notes sur un bloc.

Quand il eut achevé, il arracha la page et la présenta à son supérieur.

— On a repéré la fameuse Range, dit-il ; elle est stationnée devant la maison d'un médecin, dans les faubourgs d'Anvers.

— Comment se fait-il qu'elle ait été remarquée ? bougonna Van Tardyse pour cacher sa joie.

— Ça, je n'en sais rien, c'est le service de la Circulation qui nous communique l'information.

Quarante minutes plus tard, il s'envolait pour Anvers à bord d'un hélico, accompagné d'Owaldo Cassidi, un inspecteur d'origine transalpine (1).

*
*   *

Le docteur De Bruyne ouvrit lui-même sa porte à la suite du rude coup de sonnette qui venait troubler la paix de son pavillon.

Trois hommes se tenaient sur son seuil et il sut, au premier regard, qu'il s'agissait de policiers. Il leur adressa un hochement de tête désabusé.

— Oui, messieurs ?

— Nous sommes de la police, fit Van Tardyse.

Le médecin acquiesça. C'était un être frémissant et secret, jouissant d'une sorte de don lui permettant de pressentir les mobiles de ses interlocuteurs. Ainsi, en accueillant les arrivants, il avait immédiatement remarqué que deux d'entre eux examinaient la grosse voiture obstruant son allée.

(1) Non : pas « de cheval », ce passage est sérieux !

— Vous venez au sujet de cette voiture ? questionna-t-il paisiblement.

— Pourquoi cette question ? interrogea Van Tardyse avec une certaine âpreté dans la voix.

— Parce qu'elle bloque mon garage depuis cette nuit, répondit le praticien. J'ai demandé à mes voisins si elle appartenait à quelque visiteur de leurs relations mais ils ignoraient tout de sa présence ici. J'attendais pour prévenir la police car je me suis aperçu que la clé de contact est au tableau de bord et que, donc, je peux la bouger si je dois sortir la mienne.

— Vous ne l'avez pas vue arriver ? fit Van Tardyse.

— Si je l'avais vue, vous pensez bien que j'aurais prié son conducteur de déguerpir. Vous croyez qu'on va m'en débarrasser bientôt ?

— Nous allons nous en occuper.

Il dit quelques mots en flamand au collègue anversois qui s'était joint à eux. L'homme acquiesça et prit place derrière le volant du gros véhicule.

— Quelqu'un viendra demain recueillir votre déposition, docteur, fit le flic bruxellois.

— À votre disposition.

Il regarda démarrer la Range Rover en marche arrière. Les deux autres flics regagnèrent la Mercedes qui les avait conduits jusqu'ici et au volant de laquelle attendait un grand garçon roux au visage criblé de taches de son.

La cohorte policière évacua la rue. Il faisait un temps maussade. Le ciel boursouflé se plombait davantage de minute et minute et un vent de l'ouest déjà chargé de pluie agitait les antennes de télévision.

Les deux Bruxellois prirent place à l'arrière de la voiture.

— Où allons-nous ? s'informa le conducteur.

Anselme eut une brève hésitatioin.

— À notre parking, trancha-t-il.

Puis, à son auxiliaire :

— J'espère que cette Range aura des choses à raconter.

22

APRÈS VOUS S'IL EN RESTE, DOCTEUR !

Quand les policiers furent partis, le docteur De Bruyne alla toquer à la porte de ses pensionnaires. Gunther lui ouvrit, torse nu, une serviette de toilette autour du cou. Le médecin nota qu'il avait la peau d'un rose porcin, constellée de grains de beauté.

— Des ennuis ? demanda-t-il à son hôte dont l'air contrarié ne lui disait rien qui vaille.

Le praticien résuma la visite des policiers et la manière habile dont il avait spontanément détourné leurs soupçons.

— Bien joué, apprécia le barbu ; seulement maintenant nous voilà sans voiture !

— Vous devez en louer une autre d'urgence et filer avec vos bonshommes.

— Doucement, grommela son pensionnaire.Il convient d'éviter toute précipitation, ça risquerait d'attirer les soupçons.

— Je ne peux vous garder ici plus longtemps ! déclara De Bruyne avec force.

Le chauve posa un regard glacial sur le médecin.

— Il n'y a pas moyen de faire autrement ! assura-t-il. Nous allons même devoir prolonger notre séjour, docteur, pour le cas où les flics surveilleraient votre quartier. Vous pensez bien qu'avec deux types inanimés il nous est impossible de partir d'ici. Je vais devoir en informer « les autres », ou plutôt *vous* vous en chargerez car il serait dangereux que je mette le nez dehors.

— Écoutez, protesta De Bruyne, mon rôle consistait uniquement à vous héberger une nuit, tous les quatre ; n'espérez pas d'autres prestations de ma part.

D'un mouvement fulgurant, l'homme à la barbe d'or l'empoigna par le cou, comprimant avec violence sa carotide.

— On se calme ! jeta-t-il d'un ton polaire, sinon il y aura de la casse !

Il relâcha un peu sa pression. Le toubib tremblait.

— La vieille qui habite ici, c'est votre mère ?

— Non, ma femme.

— Elle va venir s'installer avec moi ; pas de sentiment de jalousie surtout : les bonnes femmes ne constituent pas ma tasse de thé ! Si tu ne fais pas exactement ce que j'ordonne, je lui vide un chargeur dans le con, *a capito ?*

Il le lâcha et appela Lola d'un ton sec.

Sa compagne d'équipée parut. Elle était fripée par sa nuit sur le plancher. En quelques mots il lui résuma la situation et conclut :

— Allez chercher la vieille chouette, on va l'attacher dans ce fauteuil.

Elle savait obéir quand la situation l'exigeait. Sans le moindre commentaire, elle fit ce que lui demandait son complice.

La femme aux cheveux blancs était moins âgée que ne l'avait cru Gunther. Elle ne parlait que le

flamand et semblait davantage hébétée que réellement effrayée. De Bruyne, livide, regarda le barbu
attacher sa compagne aux bras et aux pieds d'un
fauteuil.

— Si elle crie, je lui couperai la langue ! promit-
il. À présent, tu vas faire ce que j'ordonne, docteur.
À propos, tu as des consultations ?

— Non, je travaille en laboratoire.

— Téléphone que tu es malade.

Et comme l'autre ne réagissait pas, il lui flanqua
une gifle qui le fit tomber.

Il se pencha sur lui et déclara :

— Que je te dise : je ne suis aimable que lorsque
j'ai le temps, ce qui n'est pas le cas pour le moment.
Tout doit fonctionner au rasoir, vu ?

S'apercevant que son hôte avait le regard empli
de larmes, il ricana :

— Ne pleure pas, tu vas m'exciter. Et quand je
le suis, il faut qu'on me suce la queue. Comme j'ai
horreur des femmes, tires-en les conclusions !

Il libéra un gros rire à travers sa barbe.

Le médecin alla téléphoner d'une cabine publi-
que. Son tourmenteur l'exigea, pour le cas où la
police aurait fait placer sa ligne sur écoute.

Lorsqu'il réapparut, il semblait avoir vieilli de
vingt ans. Gunther songea que ce type était un raté
sans énergie que sa veulerie mettait sous la domi-
nation de n'importe quelle autorité.

— Qu'est-ce qu'on t'a dit ? questionna-t-il.

— Qu'on allait aviser et vous donner des instructions.

— Parfait ! En attendant, fais-nous à bouffer.

— Je ne sais pas ce qu'il y a, fit le docteur De
Bruyne.

Son pensionnaire lui tendit une liasse de billets de banque.

— Va acheter ! Prends beaucoup de viande, c'est ma nourriture de base. Et du fromage, aussi. Comme vin, je ne bois que du bordeaux. Et puis perds cet air catastrophé, sinon les gens vont penser que ta bonne femme est déjà morte !

*
* *

Un phénomène s'opérait, qui contraignait Lola à ne pas se séparer du prisonnier qui la troublait tant.

Assise sur le plancher, près de lui, elle le contemplait avec avidité, cherchant à définir quelle frénésie la mettait dans cet état inconnu. Ce qu'elle ressentait procédait de l'appétit sexuel et du spleen. Parfois, elle caressait le membre du prisonnier à travers l'étoffe de son pantalon et une excitation s'emparait d'elle. Elle avait envie de jouir et de crier. Il lui venait des pensées folles. Elle imaginait qu'elle partait se cacher avec lui dans un pays perdu. Elle savait des maisons du Moyen-Orient, blotties dans des palmeraies étrangement fraîches. Villas blanches et ombreuses au parfum de jasmin et de fleur d'oranger. Rêvait qu'elle était nue avec ce garçon nu aussi, en une pièce dont le silence n'était rompu que par un faible glouglou de l'eau tombant dans une vasque de marbre blanc. Avait-elle déjà évoqué cela ? Probablement, mais sans jamais donner d'apparence à son compagnon.

Lorsque le blond barbu l'appela pour manger, elle se contenta d'un fruit et retourna auprès des prisonniers.

Son complice se gaussa d'elle, ayant deviné l'attrait qu'elle éprouvait pour le policier français.

— Ça rejoint le fanatisme, fit-il ; vous êtes décidément des gens bizarres, dans votre putain de pays. Tout est excessif en vous.

Elle ne marqua aucune réaction et s'en fut croquer sa pomme auprès de l'homme qui l'émouvait.

23

LA CHASSE EST OUVERTE

Mémé me tricote des chaussettes pour l'hiver. Avec de la grosse laine, huileuse, qui pue encore le mouton. J'ignore ce qui lui prend, mais la jambe de celle qui est en chantier mesure au moins trois mètres. Ses aiguilles se livrent un duel lilliputien avec un menu cliquetis (on peut dire aussi cliquètement). Sa laine ? Y en a un énorme chargement, comme s'il s'agissait de fourrage.

J'essaie de mieux ouvrir les châsses. Quelle gabegie ! Des flots d'images disparates impossibles à rassembler. Pourtant faut que je contemple mémé ! Des années que je ne l'ai plus vue, ma vieille grand-mère aux rides grises. Je refais un effort. Très près de moi, une main s'agite, à quelques centimètres de mon visage. Le petit bruit tintinnabuleur, ce ne sont pas des aiguilles à tricoter qui le produisent, mais un bracelet d'or où sont fixées des breloques.

Je refais un effort de concentration. Ça vient avec une lenteur infinie. Bracelets à un poignet. Poignet se prolongeant en main de femme. De femme ? Oui : les ongles sont carmin. Ils s'agitent lentement ; dans de la fourrure, tu crois ? Attends, non : il s'agit d'un sexe de femme. Langoureuse chatte

noire, aux frisures serrées. Mais qu'est-ce qu'il se
passe ? Tu peux m'expliquer, toi ? Attends, je crois
piger... Oui : une dame est en train de se caresser
en gros plan à quelques centimètres de ma tête.
Elle gémit doucement. Dans sa frénésie, elle
abaisse sa zigounette jusqu'à mon visage, la frotte
contre ma bouche. Oh ! dis donc : c'est Byzance !

Je redeviens moi, moi ! À la vitesse machin-
chouette ! Qu'est-ce à dire, Elvire ? Une dame en
délire me fait l'offrande de sa branlette ? À moi
qu'elle ne connaît ni d'Eve ni d'Adam (mais va
connaître des lèvres et des dents). J'expurge des
sortes de miasmes dissidents pour mieux me consacrer à l'aubaine. Puis-je-t-il dégager de mon plancher buccal mon organe charnu fixé par dix-sept
muscles qu'innerve mon grand hypoglosse ?
Voyons voir... Ben oui ! Oh ! la secousse de cette
chaglatte ensorcelée au contact de ma divine menteuse ! Ce soubresaut du fion ! Elle s'éloigne un
bref bout d'instant afin de me constater. S'aperçoit
que j'opère bel et bien. Cri déjà orgasmique, en
tout cas triomphal ! Me ramène sa coupe aux lèvres.
La frotte avec furie, en laissant éclater le plus déme-
suré des enthousiasmes.

Dis, en quel dialecte elle jouit, cette chérie ? En
tout cas, elle livre tout son potentiel de félicité, sans
rien conserver pour elle. Se rabote le clito sur mes
incisives, la folle amante. Me tient la tête par les
manettes pour un radioguidage au quart de poil !
Wouahou ! Cette tempête qui se lève ! Laissez pas
vos pots de fleurs sur le rebord de la fenêtre, ça
pourrait tuer quelqu'un ! Quelle secousse simiesc-
que, dirait Béru. Au fait, qu'en advient-il ?

J'essaie de tourner la tête, mais une forte cres-
sonnière m'aveugle, m'étouffe. *Good* lape *to you !*

Elle a un bistounet gros comme un clam et me maintient le visage droit, kif un saint-cyrien dans la cour de Coëtquidan quand le général Macheprot lui remet ses épaulettes ! Force m'est donc ! Tant qu'à faire, et pour précipiter l'issue de cette délicate manœuvre, j'abonde dans son sens en la ponctuant d'une minouche prépondérante, avec élan transversal au départ du frigounet, ratissage des babines, voracité sur la ligne médiane, amphigouri débroussaillé. Un velours ! Même le Dédé Sarda, médaille d'Or de la languette jugulée aux Jeux Olympiques de Pointe-à-Pitre, ferait pas mieux. Ou alors ce serait plus onéreux car il te compterait ses frais de déplacement.

Voilà ma furieuse amazone qui fonce à doubles jambons. Tu sais quoi ? Se cravache de la dextre la miche droite comme faisait dans les naguères le gentil Yves Saint-Martin quand des pouliches intrépides lui partaient à l'assaut. La pécore qui me monte va vers une libération somptueuse. C'est la fête à sa moniche, le grand super-gala inoubliable. Poum ! Elle explose, disjoncte, m'escarguinche la poire ! Charogne, l'as-tu vue la fusée volante, Babylas ?

Elle me reste prostrée sur la figure, k.-o., pesant de tout son poids sur mon frêle faciès d'aristocrate de la verge. Elle va m'étouffer entre ses cuisses, à présent qu'elle se laisse aller ! Je tortille de la frime. Ma barbe a dû pousser car ça lui râpe la zone franche. Elle se libère en se laissant choir sur le côté, débloquant ainsi ma vue.

Je renouche un plaftard au centre duquel pend un petit lustre à la con, genre rouet équipé en luminaire, avec chapeaux de lampe de cretonne crétine.

La petite couillerie style auberge sur la nationale, les routiers sont sympas.

J'efforce de lever la tronche pour un coup de périscope général. Je décèle une pièce non meublée : ex-chambre vidée de son mobilier. Ne subsiste qu'un méchant tapis acheté en actions au bazar Van Papen. J'opère alors une constatation désobligeante pour mon confort : une paire de poucettes munies d'une longue chaîne m'unit à Alexandre-Benoît (toujours inanimé, mais sans âme). Pour corser le problo, on a fait passer la chaîne à travers la lourde grille de fonte prise dans une cheminée fonctionnant au charbon.

Ayant ainsi appréhendé la situasse dans toute son inextricabilité, je referme mes lotos afin de pouvoir mieux réfléchir.

À mon côté, le halètement de la femme se calme lentement. Elle vient de se choper un paturon terrible, la brunette. J'aimerais lui causer, mais je me dis que c'est peut-être prématuré de s'y risquer.

J'essaie de me garnir l'esprit en dévidant des supposances. Certes, nous avons été neutralisés chez la mère Ballamerdsche. Un gaz jailli du plaftard, style camps nazis. Et puis on nous a amenés dans cette crèche où l'on nous séquestre. Tout ça est fastoche à entraver. Seul point d'interro : qui est cette hystéro qui se fait cacheter à cru ? Une nière chargée de nous garder et qui trompe le temps en se faisant foisonner la coquille ? Ça m'est déjà arrivé de tomber sur des survoltées du réchaud qui joignaient l'agréable à l'utile en s'envoyant en l'air !

Les Anglais, qui sont cons mais on inventé néanmoins le chutney et la marmelade d'orange, disent une chose que je te traduis en extension (comme emploie Alexandre-B. pour in extenso) et cette chose c'est : « Attendre et voir ».

Faut donc que je vais attendre et que je voye. L'Antoine referme ses jolis yeux ensorceleurs et fait mine de replonger dans les infinis.

Dans le silence ouatiné de ma belle âme, je procède au point de la situation. Question primordiale avant toutes les autres (en anglais *the others*) : m'a-t-on fouillé ?

In my opinion, on s'est seulement contenté de s'assurer que je n'étais pas armé. Ma main libre repte lentement en direction de mon bénoche. Celui-ci, entre z'autres poches, comporte un petit compartiment ventral que certains utilisent pour y mettre leur briquet. Ma pomme, c'est mon ami « sésame » que je loge dans cette anfractuosité de futal. Par grand bonheur, il s'y trouve. Dès lors (peut se dire également Delors) un doux rassurement m'habite (ou ma bite).

Du temps navigue tout autour de moi. La respiration de Béru se fait grumeleuse, kif celle d'un ronfleur sur le point de se réveiller. J'en conçois un menu contentement.

À mon côté, la gonzesse inspirée remue, puis se rajuste. N'ensute, s'étant inclinée au-dessus de ma pomme, elle promène ses lèvres sur les miennes pour une étrange caresse labiale. Je reste insensible. Sa main erre sur mon entre-deux Renaissance. Putain ! Si elle poursuit sa manœuvre, tu vas voir la mère Coquette, ce garde-à-vous dont elle va se mettre ! La petite grand-mère réalisera dès lors que mon révanouissement est bidon, car un mec qui trique est à peu près lucide, non ?

Reusement, j'sus sauvé par le gong. La porte se dépone et un gazier chauve et barbu de blond

paraît. Je le distingue tout juste à travers mes longs
cils baissés. Mes cils, je t'en ai rarement causé, mais
ils ont toujours séduit les frangines. Quand je bats
des ramasse-miettes sur leur escarguinche rose,
elles confinent au bonheur subito presto.

Donc, un chauve barbu, l'air tantouze malgré son
système pileux.

— Lola, il fait, vous avez encore joui telle une
truie, infâme salope !

— Je fais ce que je veux de mon corps, comme
vous du vôtre, Gunther, elle réplique sèchement.

— Je viens de recevoir un coup de fil codé. Nous
devons nous tenir prêts à être évacués avec ces flics
français.

— La maison n'est pas surveillée ?

— Apparemment non, mais ils ont trouvé le
moyen de nous faire sortir discrètement.

— De quelle manière ?

— Ils ne l'ont pas dit ; c'est leur problème.

Il masse sa calvitie artificielle.

— Ça pue, dans cette pièce, remarque-t-il.

— C'est le gros type : il lâche des vents sans
arrêt.

— La fameuse politesse française ! ricane le
mec.

— Ça se passe comment avec la femme du médecin ?

— Elle m'a piqué une crise de nerfs ; je l'ai cal-
mée d'un coup de crosse. Je ne vois pas trop ce que
ce De Bruyne fiche dans l'Organisation. C'est une
planche pourrie.

Le gars bâille. Il fait :

— Je vais prendre une douche, en attendant les
autres ; j'ai horreur de rester plus de vingt-quatre
heures sans me laver. Pas vous ?

— J'en ferai autant, dit Lola.

Ces deux-là, je sens à leurs voix qu'ils bossent ensemble sans se porter la moindre estime mutuelle. Il y a commak plein d'attelages foireux dans la vie : des couples mal assortis, des gens que le travail ne parvient pas à souder, des complices faussement unis par un intérêt commun mais qui se haïssent éperdument.

Avant d'aller se frotter la couenne, le dénommé Gunther ordonne :

— J'aimerais plutôt que vous surveilliez ce couple de merde : il ne m'inspire pas la moindre confiance ; je me promets de dire ma façon de penser aux autres quand nous serons partis d'ici.

Cette fois, il sort. La salope en délire se penche sur moi. Je conserve les yeux hermétiquement clos pendant son examen, m'appliquant à n'avoir pas le moindre tressaillement. Cette pétasse, je ne sais pas pourquoi je lui porte à la peau, toujours est-il qu'elle se file les doigts dans la cramoche et m'en caresse les lèvres. Y a bon, Banania ! Des tordues névropathes, j'en aurai rencontré quelques fagots au cours de ma putain de vie.

L'enfer, c'est les autres, qu'il prétendait, Jean-Paul (pas Jean-Paul II : Jean-Paul Sartre). Il avait vachement pigé le topo, Nonoeil. Il aurait dû écrire. Je veux dire par là : ne pas tenter autre chose. Mais non, fallait qu'il chique les héros ! Les meneurs ! Toujours à grimper sur les barricades, tenter de se faire buter pour quarante sous ! Il rêvait d'être embastillé. L'avait le goût du martyre. Comme tous les frileux, il se voulait héroïque. Dans les manifs il avançait en tête du cortège. Quand ça castagnait, les perdreaux qui l'avaient à la chouette, au lieu de lui savater la gueule ou de lui confectionner des décoctions de gourdin, le prenaient gentiment par le bras, lui renouaient son cache-nez, glissaient son pain de deux livres sous son bras et lui disaient : « Restez pas là, monsieur Jean-Paul, les gaz lacrymogènes c'est mauvais pour vos pauv' z'yeux de crapaud. La révolution, c'est plus de votre âge ; et puis pour un grand philosophe, c'est trop salissant. » Ils le reconduisaient chez la Simone pour qu'elle lui prépare une tisane avec du miel. Le chéri glapissait comme quoi, bordel, il voulait périr en brandissant l'étendard de la liberté ! Mais fume ! On l'aimait trop, tout le monde, pour aller saccagner la gueule de ce grand penseur. Il faisait partie du folklore. Il croyait incarner la rébellion, mais tout ce qu'il incarnait c'était Mon Cul ! Son drame, c'est qu'il avait beaucoup trop de talent pour être pris au sérieux. On avait envie de l'emmitoufler, pas de lui faire gicler son œil de l'orbite. C'était notre penseur, quoi. Notre philosophe agrégé, national, alors on en prenait grand soin, tous ; si bien qu'il est mort dans son plumard, au bout du compte, en bon petit prof qu'il n'avait jamais cessé d'être.

La névropathe finit par m'abandonner.

Quand la porte est refermée, la voix du Dodu s'élève, un brin pâtouillarde :

— Dis-moi, mec, tu croives pas qu'on a fait le tour du cadran ? Y nous ont éjaculé du vrai sirop de roupille ! J'ai mal au buis comme si j'aurais bu un verre de flotte.

— Parle doucement, Bébé-Lune, l'en supplié-je.

— Pourquoive ?

— Parce que sans être franchement désespérée, la situation est plutôt grave. Tu as remarqué ce que nous avons aux poignets ?

Un instant, un cliquetis, un juron.

Puis le guerrier sunnite murmure :

— On est faits aux pattes ?

— Pas tout à fait : j'ai mon sésame.

— N'en c'cas, qu'attends-tu-t-il pour nous enl'ver c'bijou ?

— J'attendais que nous fussions seuls.

— Ben on l'est, non ?

Sans hâte, je griffe mon sésame, l'instrument miracle qui m'aura évité tant de couilleries inutiles, ainsi que se plaît à dire la princesse lady Di qui s'affranchit à tout berzingue depuis qu'elle ne vit plus avec son grand tordu, lequel ressemble de plus en plus à une banane en train de se gâter. Au plumard, il doit être payant le Charlot ! Je lui imagine une longue zézette noueuse et pas appétissante dont il doit toujours se demander ce qu'il faut en faire. Mais je peux me gourer, p't'être qu'il a le chinois du siècle, le futur kinge, malgré ses étiquettes d'éléphant qui servent de ventilateur à Buquinjame et son tarbouif à la Croquignol qui vérifie que ses ribouis sont bien cirés. Ce qui me fout la courante, quand je le vois à la téloche, ce sont ses grands yeux ahuris. T'as chaque fois l'impression qu'il vient de se laisser diminuer les revenus par Maâme Mère et, en plus, de ramasser une mandale pour cause de connerie abusive. À quoi sert d'être prince de Galles, si c'est pour se faire chier à dix pences l'heure ! Et devoir raser les murs quand tu vas tremper le *plain cake !*

Donc, j'empare mon sésame, mais la porte s'ouvre brusquement et je n'ai que le temps de feindre l'inanimation, imité par mon pote chéri.

C'est la gonzesse qui revient, flanquée d'un grand zig habillé de maigre, avec des cheveux longs, gris et plats qui lui font une coiffure d'époque François Pommier. Il a un stéthoscope sur la poitrine, qui le situe toubib dans le cas où l'accessoire fait le moine.

Il saisit la partie chromée de l'instrument et se penche sur moi pour m'ausculter, défait ma limouille, appuie son embout sur ma peau. Ça me chatouille ! Je t'ai toujours dit que je crains à mort les papouilles. Un mec qui voudrait me faire avouer des trucs-bidules-machins n'aurait que de me chatouiller. Alors que veux-tu, je réagis.

Et lui, l'enfoiré de toubib à gueule de dynamiteur moscovite, il s'en aperçoit dare-dare que je ne suis plus dans le coltar. Il va pour signaler le fait à ma conquête involontaire.

Le ferait à coup sûr si un dénommé Antoine, fils unique et préféré de Félicie ne lui saisissait les testicules de sa main libre et ne se mettait à les broyer avec une telle énergie que l'escogriffe en verdit kif l'auteur de la *Traviata*. Il se met à émettre des râles inhumains, et puis des plaintes, vraiment humaines. Il tente se séparer ses couilles de ma main, mais ma pomme, plus les choses me répugnent, plus j'adopte l'esprit Attila. Je me sens destructif, crénom ! Ces mecs qui me kidnappent, me séquestrent, m'enchaînent, j'ai envie de les carboniser !

L'homme a lâché son stéthoscope qui lui pend comme le médaillon d'une marquise en train de se laisser sodomiser par son valet d'écurie (ou par un archiduc, je suis pas farouchement pour les mésalliances). Il devient vert-des-merd-du-Sud. Alors je serre un peu plus le paquet de couenne qui déshonore ma main, et le gonzier évanouit.

— Qu'avez-vous, docteur ? demande par-derrière lui la belle qui s'astiquait la motte avec mon concours passif.

Elle s'approche. Alors, mézigue interprète son fameux numéro que seul avant lui réussissait un Pakistanais auquel on avait retiré l'épine dorsale pour qu'il puisse se faire une pipe en circuit fermé : j'évacue le docteur Méburnes d'une refoulade des genouxes et, sans perdre un instant, exécute un ciseau moldave au cou de ma violeuse. La coince irrésistiblement sur le plancher. De ce temps-là, le dénommé Bérurier se dresse, empoigne le lourd cendrier de fonte, comme toi tu te saisis d'un coussin, et l'abat sur la coloquinte du praticien.

— Où qu'est ta bricole déponeuse, Sana ? il flegmatise.

— Occupe-toi de madame, faut que je récupère mon sésame que j'ai perdu dans l'échauffourée.

— Jockey, mec, mais ôte tes cannes, si tu voudras qu' j'botte en touche !

Je me replie ; lui s'allonge. Ça produit un bruit inattendu, un choc identique à quand tu refermes d'un coup de genou le tiroir d'une commode vide.

Ma pomme de palper le méchant tapis avec frénésie. Impossible de récupérer mon mignon appareil. Où qu'il est, dis ?

On reste unis, inexorablement, Sandre et moi. Avec ce putain de cendrier entre nous. N'en plus, y a une de nos victimes qui râle. Laquelle ? Le doc ou la pétroleuse ?

Et puis, soudain, une exclamance. Fatalitas ! Le barbu blond est de retour, une serviette nouée autour des hanches.

Est-ce le bruit qui l'a attiré ? En tout cas il ne perd pas de temps, plonge dans la pièce voisine d'où il réapparaît armé d'un riboustin qu'il assène, côté crosse, sur le dôme du Mastard. Rebelote ! Mon pote prend sa décoction de rêve et me choit sur la poitrine. On doit composer un sandwich géant pour anthrophage, ainsi superposés, les quatre.

Le chauve à la barbe blonde se dresse près de moi, son flingue en pogne, canon pointé.

— Je vois que ces messieurs ont cessé leur somme, fait-il.

Je le regarde par-dessus l'épaule monstrueuse du Mammouth. Il a la coquille fêlée, Alexandre-Benoît, et un filet de sang couleur de rubis en coule, qui me dégouline sur le plastron.

— Vous ne pourriez pas avoir l'obligeance d'écarter de moi ce sac à merde ? je lui demande aimablement. Il m'étouffe !

Je fais des efforts pour me séparer de mon indéfectible et parviens à le faire basculer de côté. N'ensuite, sans avoir l'air de rien, je soulève mon pied gauche, mon pouce séparé des autres orteils et, sans que l'homme ne s'en aperçoive, je saisis pédestrement le bas de la serviette servant de pagne au barbu et tire doucement dessus. Ce que j'escomptais se produit admirablement : dénouée par cette légère traction, la serviette tombe à ses pieds.

Réflexe on ne peut plus logique : l'homme se baisse pour la ramasser et recouvrer sa décence. Il a raison car son chibre n'a rien d'appétissant. Tu dirais un cou d'oie confit. Mais ça n'est point mon objectif présent, que nenni. Je vise plus haut, moi : carrément le chef. Tu verrais le coup de tartine que je lui place au temporal ! De toutes mes forces, de toute mon énergie. Le coup de saton du perdreau consciencieux ! Avec une telle potion magique, tu oublies la liste des départements. Le barbapoux au zigougnof gerbant s'écroule d'une masse. Par pure conscience professionnelle, je lui vote un supplément d'information au larynx, là que ça te dégoupille la jugulaire et te détrancanne la carotide. J'y ai mis une telle énergie que ça me fout des élancements dans tout le haut de la cuisse.

Mais quoi : on n'a rien sans rien, disait mémé.

24

BELLE CHUTE DU RHIN

Nous eûmes une controverse, l'Emmanché et
moi, une fois nos difficultances surmontées, c'est-
à-dire après que nous eûmes récupéré mon sésame
et nous nous fûmes séparés des menottes.

Le Gros était partisan d'alerter les draupers.
Nous nous croyions toujours à Bruxelles (ce ne fût
qu'un peu plus tard que nous nous sûmes à
Anvers). Moi, chien de chasse survolté, je réprimai
ce besoin d'action précipitée pour tendre un piège
à ceux qui devaient, paraît-il, nous évacuer de cette
maisonnette. Nous ligotâmes les trois personnes
contusionnées et les bâillonnâmes. C'était la femme
qui semblait la plus amochée. L'escarpin à clous
d'Alexandre-le-Gros lui avait fracassé la mâchoire
et son menton ressemblait au tiroir du bas d'une
armoire après un cambriolage.

Lorsque ces dispositions furent prises, nous pas-
sâmes dans la chambre contiguë. Une dame d'un
âge indiscutable s'y trouvait entravée et bâillonnée.
Dans un premier temps, je lui ôta sa muselière, ce
dont elle profita séance tenante pour geindre,
implorer et appeler son époux lequel, je le compri-
sis, n'était autre que le médecin. Bérurier la calma

d'un broc d'eau en pleine poire et je pouvis alors l'interroger. Mi-suffoquante, mi-pleurante, en termes que les romanciers de talent qualifieraient de « hachés », elle se mit à répondre à mes questions, surtout lorsque je lui eus produit ma carte professionnelle sur laquelle ce mot béni de « POLICE » chante si joyeusement dans les prunelles. Étant doté d'un sens du raccourci qui eût provoqué la jalousie de M. Anatole Deibler (1), je te résume la somme des renseignements recueillis auprès de la vieille bique.

Le docteur De Bruyne était médecin dans la marine marchande. Il fut traduit en justice pour contrebande de stupéfiants, il y a quelque vingt piges, et écopa d'une peine de prison qui le priva de son droit d'exercer le noble art. Depuis sa sortie, il travaille pour un laboratoire et rend, çà et là, de menus services à des gens aux activités douteuses. Rien de très téméraire. En fait, cet ancien praticien est un pleutre. Il lui arrive d'héberger des gens, ou des marchandises. De livrer des paquets mystérieux ; de soigner des personnages blessés ; de recevoir des messages et de les transmettre.

En bref, il sert de boîte aux lettres, de coursier, de receleur mais sans jamais se mouiller à fond. Son « affaire » ancienne l'a brisé ; maintenant, les expédients dont il vivote sont loin de lui valoir le qualificatif de « malfaiteur à part entière ». Il appartient à cette frange de forbans minables qui se mouillent le moins possible, n'acceptant de commettre que des délits de « seconde main » qui leur conservent des relents d'innocence. À preuve : il a un véritable emploi ; peu mobilisateur il est vrai,

_____

(1) Bourreau réputé de la Troisième République française.

mais qui lui assure un statut social de travailleur.
Le personnage est vite campé, vite cerné. Un trou-
duc du crime. Un pauvre barboteur de gadoue relativement prudent.

La dame souffre d'une grave maladie cardiaque
qui lui a valu une flopée de pontages, pacemakers
et toutim. Elle m'assure que cette dernière aventure va la tuer. J'en accepte l'inauguration (comme
dit Béru). Peut-être que lorsqu'elle ira tutoyer les
gérania à l'envers, son mec optera pour une existence plus tranchée, se fera canaille en plein ou
saint homme lumineux ? Va-t'en savoir... Les
rédemptions, souvent, sont affaire d'opportunité ;
de même que la voie criminelle. Je pense que ce
glandeur à parchemin n'inventera jamais la
machine à cambrer la banane et qu'il flottera toujours dans des eaux troubles, avec l'espoir de ne
pas s'y noyer.

Nous avons achevé notre verbiage, la vieille cardiaque et moi, quand un coup de sonnette éclate,
péremptoire, dans la paix fallacieuse de la maisonnette.

— Les voilà ! elle s'effraie.

Ma décision est prise dans la foulée. Je tranche
ses liens avec mon ya.

— Allez ouvrir ! je lui enjoins (de culasse) (1).

J'ajoute, avec une expression susceptible d'occa-
sionner une fausse couche chez une baleine :

— Soyez naturelle : la vie de votre époux en
dépend et, en tout cas, sa liberté.

J'arme le feu pris au barbu blond. De son canon,
je désigne le lit au Gravos.

(1) Y a tellement longtemps que je te l'ai plus fait, çui-là, qu'il est
comme neuf !

— Fais le mort, mec, jusqu'à ce que je donne le signal des hostilités.

Curieux comme il est silencieux et docile, Bibendum, à croire que le gaz inhalé chez la mère Ballamerdsche lui fait l'effet du bromure.

Il s'étend sur le paddock. Moi je me place derrière la lourde, mon riboustin en paume. Vieille recette éprouvée, et qui n'a pas fini de rendre des services, le coup de la porte. T'as pas un ouesterne, pas une série négro sans un gonzier embusqué derrière un vantail pour choper l'ennemi à revers. C'est aussi con que le roman policier ! Mais ça paie.

J'attends.

Perçois le parlementage de la vioque avec des gens que je sais pas.

Bon, ils font gémir le parquet bien ciré de l'entrée. Un choc. La vioque marche devant. C'est elle qui pénètre la prème dans la guitoune. Elle s'efface sous un superbe bois gravé représentant le feu roi Boudin et sa Babiola côte à côte, sérieux en plein, raidasses.

Deux mecs s'annoncent à leur tour, habillés de blouses blanches, qui coltinent une civière pliante pliée.

Ils entrent, s'approchent du lit.

— Et l'autre type ? questionne celui des infirmiers qui a une tache de vin en forme de croissant sur la fesse gauche.

— Il est là, je le rassure, en braquant le couple de zigus.

Ils voltent. Ces gueules, *my nephew !* T'as un julot pas regardable, qu'un coup de barre de fer en travers de la gueule fait ressembler à un orangoutan (peut s'écrire également orang-outang). Lui reste juste un bout de blair à peine gros comme une

griotte, et une seule arcade souricière (Béru dixit),
et puis une pommette en creux que j'allais t'oublier.
L'autre est un grand triste pas tubulaire (re-Béru
dixit) dont le regard doit faire tourner le lait, d'à
ce point qu'il est fielleux.

— Qu'est-ce que c'est que ce travail ? il
demande à la vieille sur le point de défaillir.

— Police ! réponds-je pour elle. Ayez l'obligeance de lever les bras, messieurs, je vous prie !

Autant parler à un étui à lunettes vide.

Avec un ensemble de duettistes ayant longue-
ment répété leur numéro, ces tordus, tu sais quoi,
Eloi ? Me balancent leur brancard pliant contre.
Madoué, ce que je morfle ! Ah ! les vandaux ! Les
gueux ! Les contaminés ! Je prends la civière dans
la poire, et elle m'abasourdit complet. Ça me bloque la respiration. Je crois bien que c'est le manche
droit qui m'a percuté la glotte. J'étouffe ! Des flots
pourpres me submergent. Mon sternum a dû éclater aussi. Mes jambes font comme les putes avec
leurs clients : elles se dérobent !

Vais-je évanouir (je pourrais dire aussi « m'évanouir », mais au prix qu'est l'apostrophe, ces jours,
je renonce : y a pas de petites éconocroques).

Pour répondre à ma question : non ! Je tiens bon
à la rampe de la lucidité. Heureusement, ça me permet de profiter de la suite du spectacle. Et Dieu
qu'elle en vaut la peine !

Car, malgré le brouillard qui m'afflige la vue, je
distingue parfaitement le Tyrannosaure à la gueule
béante qui se dresse derrière les brancardiers.

Son action est brève, mais puissante, donc effi-
cace.

Il écarte ses bras, Bouddha jouant au Christ, et,
dans un mouvement satanique, pose sa main gau-

che sur la joue gauche d'un infirmier et sa droite sur la joue droite de l'autre. Long à expliquer, mais si prompt d'exécution.

Ça produit un choc : « Vlaoum ! ».

Et les deux arrivants biscornent, puis choient.

Bérurier possède une habitude pugilistique dont il ne se départ jamais : lorsqu'il vient de terrasser un adversaire, il lui tire un penalty à la base du crâne pour faire le compte. Je n'ai jamais vu personne résister à ce coup de saton. Le k.-o. qui en résulte est immédiat et durable.

S'étant assuré que la tempête s'éloigne et que les vents sont calmés, il ricane :

— Et alors, tout petit, on a z'eu de la veine d'avoir d'la chance, non ? Si j'eusse pas intervenu, ces messieurs allaient te faire un masque d'beauté rutilant.

J'acquiesce en enjambant le brancard plié. Une douleur mauvaise m'embrase le buffet tandis que des zébrures écarlates souillent ma vue.

— Il faut voir dehors ! fais-je d'un ton caverneux.

Le Mammouth opine, moi je me traîne jusqu'au plumard et m'y laisse quimper.

Brusquement, l'existence me semble gerbante. Quel foutu métier que le mien ! Toujours des gnons à flanquer ou a ramasser. Faire mal et avoir mal. Risquer sa peau, prendre parfois celle des autres ! J'aurais dû être jardinier, tu vois. Ou bien représentant en lingerie féminine. Des fois aussi, je me dis commandant de bord sur Air France, pour tirer les hôtesses pendant le vol après avoir réglé le pilotage automatique. La classe ! Tu les calces dans quelque exiguïté de l'appareil. Debout, pendant que les anges t'envoient des baisers à travers les hublots. Un vrai velours céleste ! La gentille qui commence par un turlute, accroupie au-dessus de la cordillère des Andes ou du barrage d'Assouan ! Quelle féerie. T'apothéoses de la membrane pendant que le Sahara ou le temple d'Angkor déferle sous tes roustons. C'est pas de la poésie transcontinentale, ça ?

Une giclée de secondes et l'Éminent revient, escorté d'un troisième gazier loqué en « personnel hospitalier », gros type sanguin à la physionomie inavenante grevée d'une plaque de fourure noire sur la gueule (que sa *mother* a dû avoir les chocottes d'un ours quand elle l'attendait).

Il entre, avise ses potes groggy, soubresaute, mais sa réaction s'arrête là car Mister Patate le cisaille d'une manchette en bronze sur la nuque, qui lézarderait le tronc d'un baobab parfumé à l'O. Bao.

— T'avais raison, monseigneur, y restait l'chauffeur, rigole l'homme aux gros moignons. Et n'à présent, qu'est-ce on fait-il d'c't population désœuvrée ?

25

UN TRAVERSIN TRAVERSANT

Je me dis qu'en rentrant chez nous, je demanderai à m'man de me faire « un vol-au-vent financière lyonnais ». C'est à la sauce tomate, avec des olives vertes dénoyautées, des morceaux de ris de veau, des quenelles de brochet, le tout dans une immense timbale en pâte feuilletée. Merde ! J'en mouille d'évoquer ce mets, tellement qu'il est *too much*. Arrosé d'un Condrieu rouge, tu ne peux pas savoir ce qu'est le bonheur si t'as jamais dégusté une chose pareille, Mireille ! Tu t'en fais sauter la sous-ventrière ! Faut bouffer ça un dimanche car c'est hautement dominical comme clape. Après la grand-messe. Ensuite, tu t'affales dans un fauteuil pour regarder Jacques Martin, lequel a été élevé au vol-au-vent, lui aussi. Ça complète bien. Le rêve serait que la petite bonne t'engloutisse le col de cygne, à genoux entre tes cannes, avec une serviette nid-d'abeilles autour du grand chauve, pas pénaliser ton bénoche aux éclaboussures de bougie.

Bon, je m'éloigne. Pourtant l'instant ne se prête pas aux dérapages érotiques. Me trouve en conférence avec Martin Gueulimans, son adjoint Van Tardyse, que j'avais aperçu lors de notre seconde visite chez la dame antiquaire, un inspecteur adjoint de l'adjoint, Béru, et une huile de la police d'Anvers.

Réunion en terrain neutre dans ma chambre du *Grand Hôtel de l'Escaut et Albert Ier* dont les fenêtres donnent sur le port immense aux multiples bassins d'ancrage. Le ululement des sirènes, le grondement des moteurs, les bras noirs des grues adressant des gestes que l'on dirait d'adieu aux remorqueurs poussifs, toute cette vie trépidante dans une odeur de goudron, de bois mouillé, de marée et de fumée crée une espèce de sortilège qui annihile mes préoccupances.

La journée s'achève lentement et le ciel, au-dessus de la mer du Nord, prend des couleurs de sang et de suie. Je ne puis, malgré l'importance de l'entretien, malgré aussi mes réminiscences de vol-au-vent, me défendre d'admirer ce grandiose panorama qui a inspiré tant de maîtres flamands.

Il dit, Gueulimans :

— Le souci que vous m'avez occasionné, mon cher ami...

— Quand je pense, fait le flic aux étiquettes rougeoyantes, que je suis entré chez le docteur et que vous vous trouviez dans une pièce toute proche !

Béru pète un coup très sobre, sec comme la détonation d'une arme à feu. Les regards se tournant vers lui, il déclare, sans la moindre gêne :

— En v'là un qu'est pas tombé loin.

Il renifle énergiquement et poursuit, avec sa délicatesse proverbiale :

— J'ai bien fait d'y donner sa liberté, car y commençait à plus êt' du jour !

Nos amis les Belges hochent la tête de concert.

Ils se disent que leurs confrères français sont mal
débouchés (voire, embouchés).

Mon homologue Gueulimans revient à l'ordre du
jour.

— Toujours est-il que vous avez fait de l'excel-
lente besogne, déclare-t-il du ton qu'on prend pour
décorer un brave sur le front des troupes. Vous avez
mis la main sur un fameux nid de sales gens. Des
années que les polices belge, italienne et allemande
traquaient cette bande de terroristes, en pure perte.
Leur palmarès est impressionnant : dynamitage du
pont sur la rivière Van Quevaille, déraillement du
Paris-Saint-André-le-Gaz, incendie de l'hôtel
Danlphion, meurtre du conseiller Von Machepraü,
attentat contre le consulat général de France dans
l'émirat du Plumedanl'c, dégel instantané de la
patinoire de Maitesky, en Finlande, pendant les
championnats du Monde de patinage allégorique,
cambriolage accompagné d'assassinat à l'ambas-
sade du Malabar-Klérambar de Rome, bombe à la
gare de Dizimieu-les-Tronches pendant le festival
du film des Avenières, fausse couche provoquée de
Mme Frotzy Lsizy, vice-Premier ministre du Népal,
et j'interromps une liste qui deviendrait fastidieuse
à la longue. Chacun des individus que vous avez
neutralisés chez ce médecin marron possède un
pedigree qui ridiculiserait celui de feu Al Capone.

« Lorsque Leurs Majestés seront mises au courant de cet exploit, il est probable qu'elles tiendront
à vous honorer d'une invitation à déjeuner. Au
menu, il y aura : Foie gras du Père Igor ; sole
d'Ostende Léo Ferré, aux nouillettes persillées ;
saltimbocco alla Romana ; gelati au maraschino
servies avec des biscuits sablés. Le roi essaiera de
vous refiler un petit vin italien récolté par un cousin

de sa femme. Ne vous laissez pas faire et réclamez du bordeaux pour raison de santé : ils possèdent, au palais, un saint-julien épatant en provenance directe de la propriété ; je crois savoir qu'il le paie dans les cinquante francs français la bouteille, livré directement du château au palais. »

Je remercie mon éminent confrère de ses conseils et retourne à la question qui me tient à cœur : celle de la mystérieuse maison d'Irène Ballamerdsche, avec son souterrain secret et son dortoir équipé de prises de gaz soporifico-neutralisant.

— Il y a du nouveau à ce sujet ?

— Non ! Le personnel a repris sa vie habituelle comme si rien ne s'était passé. Je n'ai pas voulu le reconvoquer à nouveau. J'ai pensé qu'il valait mieux charpenter le dossier avant de remettre ces gens sur la sellette.

— Au fait, vous avez la liste des occupants de la villa, cher ami ?

Gueulimans se tourne vers son futur presque adjoint, l'officier Van Tardyse. Ce dernier qui m'a l'air précieux, sort un feuillet plié en quatre, le déploie en un pour le présenter à son vénéré.

— Donnez à M. le directeur ! décline l'époux de la vaillante Ingrid.

J'empare et lis. Pas lerchouille de trêpe à vrai dire : Adèle Hurnecreuse, la gentille secrétaire ; Martine, la fille handicapée ; Clémence Schope, son infirmière ; Isydor Dunhoeil, le valet ; Gertrude Givez, la cuisinière, et Jean Composte, le jardinier.

— Martin, fais-je à Martin, croyez-vous pensable qu'aucune des personnes figurant sur ce feuillet ne soit au courant de l'activité clandestine de la maison ? Alors que des gens qui s'activaient dans le souterrain allaient et venaient sans problème ?

— Impossible ! ne peut s'empêcher de lâcher Van Tardyse, malgré qu'il ne fût pas sollicité.

Mon ami, l'époux de la ravageuse Ingrid, consent à dénégater. Lui, certes, ne connaît pas les lieux, mais il se fie à nos expériences rassemblées.

— Si vous m'en croyez, cher illustre confrère, lui dis-je, il serait grand temps de rendre visite aux occupants de la villa du Bois de la Cambre et de leur sortir, sinon le grand jeu, du moins des arguments péremptoires.

Il a une réponse très aristocratique :

— Certes !

Et moi, dans ma théière, ça bullitionne si bien que la vapeur m'en sort des naseaux.

Les autres messieurs continuent de causer de l'affaire, Béru à loufer avec soin des Soissons imaginaires (il existe des grossesses nerveuses pour les pétomanes).

Ma pomme, je fais la pige à Rodin. Le *Penseur,* c'est moi.

Si tant tellement, qu'à la fin de l'envoi, Gueulimans ne peut s'empêcher de me l'objecter :

— Vous êtes ailleurs, mon cher collègue.

— Vous m'avez bien dit que vos confrères anversois ont dû hospitaliser la fille de la bande ?

— Exact, pourquoi ?

— Il faut que j'aie un entretien avec elle !

Le cornard à Ingrid libère une grimace qui servirait de modèle pour faire le masque de Grincheux dans la superproduction *Blanche-Neige.*

— Hum, ça ne va pas être commode. Maintenant, cette fille est en charge de nos homologues d'ici, pour lui parler, je devrais remplir une montagne de formulaires et être assisté du juge d'instruction bruxellois !

Son manque d'enthousiasme ne me laisse rien augurer de bon.

— Indiquez-moi simplement l'hôpital où elle se trouve, je lui enverrai des fleurs !

26

TU TREMBLES, CARCASSE ?

« Mais si tu savais où je vais te mener tout à l'heure, tu tremblerais bien davantage », qu'il disait, Turenne. Et il avait raison puisqu'il s'est fait scrafer comme un nœud à la bataille de Sasbach.

Moi, franchement, rien de commun avec le Grand Frisé. Miss Carcasse, je sais où je la mène, et elle ne tremble pas. Elle en a vu d'autres. Des plus inquiétants.

À l'instant où je la sollicite, faut dire que tout baigne. L'affaire est en grande accalmie et rien ne laisse présager les heures grabugiennes qui m'attendent. J'ai presque un sentiment pépère de quiétude bourgeoise.

Reste à déterminer qui a buté la mère Ballamerdsche dans cette église de banlieue, ce qu'elle avait contre le brave chanoine Dubraque pour se rendre à confesse armée d'un riboustin. Et puis, et surtout, savoir ce qu'était son dortoir clandestin du Bois de la Cambre, avec ses appareils gazeurs. Mais tout cela, je me fais fort de le faire cracher à ses gens.

Me reste à éclaircir les raisons de mon enlèvement. Pourquoi nous a-t-on kidnappés et séques-

trés, le Mammouth et moi ? Quelles étaient les
intentions de nos ravisseurs en nous expédiant dans
le port d'Anvers (et contre tout) ? Devions-nous
être embarqués pour une destination mystérieuse
et lointaine ? Dans quel but ?

Dans le fond, tu vois, je me suis trop pressé
d'alerter mes confrères belges. J'aurais dû, avant de
leur passer le bébé, cuisiner « à fond nos
convoyeurs ». Entre mon mignon produit, inventé
par Mathias, pour amener les gus aux confidences,
et les arguments contondants du Mastard, nous
aurions obtenu des révélations opportunes qui nous
auraient permis de gagner du temps.

Mais tu sais ce que c'est ? On avait tout ce pacsif
de méchants sur les brandillons, dont certains
vachetement éclopés. Moi-même, je me sentais un
tantisoit rémoulade après avoir dégusté cette véro-
lerie de civière métallique dans le baquet ! J'ai eu
qu'une idée en tronche : m'assurer de cette équipe
de vilains, la neutraliser complet en la mettant en
lieu sûr.

Songe qu'on n'est pas chez nous, dans ce pays
frère. L'idée d'entreprendre l'élevage du ver à soie
chez ton beauf serait saugrenue quand bien même
tu l'adores. J'ai raison ou non ? Alors j'ai paré au
plus urgent : l'embastillement de tout ce vilain
monde. Et à présent, je me traite de crâne de piaf
dans ma Ford intérieure. De hotu malade ! Putain,
je disposais du matériel complet de renseignements ; j'avais les brémouzes en pogne et mézigue,
nœud volant (et coulant), d'en faire cadeau aux
Anversois !

C'est ça, s'auto-cocufier ! Ça, l'avoir dans le
prose ! Les marrons du feu, il tire, ton Antoine joli,
à s'en brûler le bout des *fingers*. Mais qui c'est qui

les bouffe ? Une équipe de Flamands roses qui ne causent pas français !

— T'as l'air en riaque ? demande ce fin observateur d'Alexandre-Benoît.

En « riaque », chez nous, c'est quand on donne dans le maussade, le cacateux, c'est quand t'en as quine de supporter les locdus environnants, les mesquins, les tantouzes maniérées, les requins, gredins, arnaqueurs à l'affût.

— J'aurais dû rester devant mon Dubonnet, faisje, parodiant une pub obsolète.

— Tu peux toujours y retourner, fait valoir cet homme sain.

— Et comment ! Laisse qu'on en ait terminé avec cette historiette à la flan ! Tu vas voir les huit jours de campo que je vais me ramasser, chez maman, à me faire cuisiner des petits plats. Les meilleurs kilogrammes, c'est à ma vieille que je les dois. Va falloir qu'elle me déballe son grand jeu des circonstances exceptionnelles, Féloche ! Y aura des gratins de cardons, mec ; des têtes de veau vinaigrette ; des quenelles financière ; des poulardes demi-deuil ; des rôtis de porc aux marrons ; des ris de veau aux raisins secs.

« Je choisirai des boutanches inoubliables dans le fond de ma cavouze, là que je remise les trésors : je te parle pas de l'Yquem 67 qui va de soi, mais je remonterai au grand jour des « La Tâche » qui te font éjaculer à petites giclettes pendant que tu les bois, des « Cheval Blanc » meilleurs que les *Essais* de Montaigne, et des « Château Chalon » au goût de noix. Rien que leur évocation me guérit de mon marasme, mon vieux Béru. Je me sens redevenir meilleur ; plus proche de mes semblables. Le con m'incommode déjà moins et j'éprouve de l'indulgence pour le méchant. »

C'est ma décision d'agir qui provoque ce revirement, tu crois ?

Probablement, hein ?

*
*   *

L'hôpital Van Kolfort se dresse à l'orée du quartier Sussmagross, non loin de la Manufacture Nœud d'où sortent les plus belles têtes d'Antwerpen. C'est une bâtisse déjà vieille, mais parfaitement entretenue, spécialisée dans le traitement d'une maladie remontant à la plus haute Iniquité connue sous le nom de « Chaude-Lance » parce qu'elle rendait brûlant le manche de cette arme élémentaire qu'utilisaient les guerriers venus de Germanie.

D'après ce que je me suis fait expliquer (sans en avoir l'air), le quartier réservé à l'univers carcéral se situe dans l'aile la plus ancienne, à l'extrémité nord de l'établissement. Il ne se distingue du reste que par les barreaux rouillés dont sont munies ses étroites fenêtres. La construction ne comporte que deux étages ; les détenus malades sont peu nombreux et ne l'occupent qu'au tiers de sa capacité, si bien que dans les cas de grande fréquentation, la partie normale déborde dans la partie pénitentiaire.

On s'arrime vers les dix heures *of the* soir, le Gradu et mécolle. C'est le moment où un hosto possède sa vitesse de croisière nocturne. Les soignantes de la nuit ont distribué les remèdes vespéraux et se confinent dans leurs tisaneries pour essayer d'en concasser un chouïe en attendant les appels des mal dormants.

Nous nous pointons, saboulés en personel hospitalier : survêtes vert d'eau, calotte ronde penchée sur les sourcils, sabots à grosses semelles de bois. Je m'offre même un stéthoscope en guise de collier.

Le quartier pseudo-disciplinaire ferme à clé, mais mon sésame se riant de cette précaution, nous pénétrons dans la place aussi facilement que toi chez toi quand t'es pas trop beurré.

Un couloir mal éclairé, si cafardeux qu'il donne envie de pleurer et de déféquer dans son bénoche, simultanément. Tout de suite, j'avise ce que je compte trouver là : un flic assis près de la lourde, avec cet air infiniment malheureux des gens condamnés à se faire chier des heures durant.

Je m'adresse à lui en allemand. C'est un mec brun, avec des yeux éclairés par une hépatite en sommeil. Il me demande :

— Vous ne causez pas français ?

— *Nein,* que j'y rétorque, du tac tac au tagada.

T'ai-je dit que nous avons modifié nos faciès avenants par des postiches qui feraient pleurer de rire une tête de nœud ?

Le gus s'obstine à nous jacter français. Il est wallon, de Liège, et il n'a jamais pu s'ingurgiter la moindre flamanderie.

Je fais mine d'entraver que pouic à son discours. Avoue que c'est bien l'ironie du (hareng) sort : pour une fois qu'on tombe sur un gazier qui parle uniquement notre bas dialecte, faut qu'on ait décidé d'oublier sa langue maternoche.

Béru qui coltine un sac en papier y puise un flacon de cognac et le tend au poulardin.

— *Drin kit, drin kit, my* pote ! propose-t-il avec cette convivialité bonhomme qui rend sa compagnie si précieuse.

Le garde hésite :

— Il *am in* seurvice !

— Moi saucisse ! lui riposte le Gros en débouchant la boutanche.

Le garde cède. Son pif porte certaines marbrures qui ne figurent pas parmi les stigmates des buveurs d'eau.

Pendant qu'il biberonne, je braque un petit vaporisateur de poche sur sa moustache et lâche deux gliclettes prestes, une dans chaque narine.

Le mec n'a que le temps de restituer la bouteille et de déclarer :

— Je sais pas ce que j'ai...

Déjà il est shooté. Généreux, le Gravos freine sa chute. Lors, nous décrochons le trousseau de clés fixé à sa ceinture. On pourrait s'en passer, note bien, mais à quoi bon surmener mon sésame ?

La première chambre-cellule est vide, son judas me permet de le constater. Dans la deuxième, il y a un vieux gus ridé pomme reinette, avec quelques touffes de moisissures sur la tronche et un tarbouif becqueté par les vers de peau.

N'a pas l'air en grande forme ; plutôt le contraire. Il est vachement résiduel ; on pige que c'est du peu au jus pour sa pomme. Probable qu'il cannera ici avec la saison des crocus, en remâchant sa vie pourrie.

Je sais bien que toutes les fins d'homme sont blettes, qu'il n'y en a pas d'euphoriques ; mourir, c'est pas engageant, même pour les grands mystiques qui comptent, dur comme ma queue, sur le paradis. Et pourtant tout le monde a cessé, cesse ou cessera. La vie c'est juste une bande-annonce pour film à la noix. On devrait « sentir » ça dans sa chair et dans son esprit. Mais que tchi : on conserve le ban-

deau des fusillés sur les yeux pour pas voir le pelo-
ton. On espère pas, non, on ne va pas jusque-là,
simplement on occulte ; on chasse de ses perspec-
tives la culbute inexorable. La remet à plus tard, à
jamais. C'est ça, vivre : oublier sa fin.

Il attend quoi et pourquoi, ce demi-mortibus
dans sa geôle hospitalière ? Sa soupe ? L'infirmière
qui lui carre un thermomètre sous le bras ? Le jour
qui se lève ? La nuit qui tombe ? La crève douce-
reuse qui s'amène sans se presser par le chemin des
écoliers ?

Je rabats le judas. Tchao, grand-père de mauvaise
rencontre ! Que la terre t'emmitoufle bientôt !

Le troisième trappon est le bon.

La dévergondée dont je mets la chaglatte en folie
est allongée sur un lit, le visage davantage bandé
que celui de « L'Homme invisible ».

— Gaffe ! fais-je simplement au gros Charmeur
en entreprenant la porte avec Miss « Je -me-tou-
che-en-finesse », mon sésame bien-aimé.

J'entre.

Elle ne dort pas, tourne la tête dans ma direction.
Son regard qui filtre à travers la gaze exprime instantanément la plus incoercible passion, malgré ses
souffrances. Pas croyable l'effet que je lui fais à
cette soupière ! Des béguins, j'en ai suscité à la
pelle, sans vouloir en installer ; et des frénésies
aussi, pour être franc. Le nombre de frangines qui
m'ont violé est pas calculable ; de même que celui
des petites sœurs en pâmade qui m'ont emparé le
trognon de chou sans que j'eusse à lever le petit
doigt ! Mais un tel fanatisme, j'ai beau rétrospecti-
ver mes bonnes fortunes, je vois pas d'équivalences.

Je m'avance jusqu'à son plume et pose ma dextre
sur son poignet. Illico, son autre main me happe.

Elle émet une sorte de gémissement, son bassin se soulève et la voilà qui tend sa babasse dans ma direction.

— Doucement ! la calmé-je.

Je vais au vilain placard de fer. Dedans il y a ce que je cherche : les fringues de la mousmé. Fissa, les dépose sur son lit.

— Habillez-vous vite.

Elle ne se le fait pas enregistrer sur bande magnétique : en un clin d'œil la voici verticale. Elle arrache sa chemise d'hosto, en toile rêche, la fout au sol. Pas mal bousculée, la moukère. Peau ambrée, nichebabes en poires, très fermes ; tablier de sapeur tout en astrakan premier choix ! Un qui lui raserait la chatte obtiendrait de quoi se faire un bonnet de Cosaque !

Tu sais quoi ? Malgré les périls qui nous guettent, la voilà qui s'écarte la moniche pour dégager son escarguinche rose. Par pur savoir-vivre (en toutes circonstances, une gonzesse ça se respecte), je lui passe le tranchant de la paluche sur la moulasse. C'est onctueux comme de la mousse à raser.

— Pressons ! dis-je.

Je la regarde mettre sa culotte bleue bordurée de dentelle blanche. Me dis qu'elle a peut-être les cuissots un peu forts, mais c'est pas grave.

Elle continue de se harnacher vite fait. Le temps de compter jusqu'à douze, elle est saboulée. Béru apporte le garde dans le lit tout chaud de la fille et le bâillonne, puis l'attache.

En caltant, on ferme la lourde à clé, naturellement, et on engourdit le trousseau.

— Faudrait un chariot, murmuré-je.

— Vos désirs sont en désordre, monseigneur, j'en ai retapissé z'un derrière la lourde.

Tout va pour le vieux dans le malheur des mon-
des. Simplement un bout d'os au moment qu'on va
atteindre la sortie. Une grosse rombiasse de noye,
avec des loloches comme deux ventres et un ventre
plus gros qu'un aérostat mal gonflé, nous hèle en
flamand.

On stoppe.

— Ya vol ? lui lance le Mastard.

L'obèse garde de nuit roule jusqu'à nous et se
met à jacter d'une voix qui fait penser à une benne
basculante déchargeant plusieurs tonnes de gravier.

J'ai beau sourire à la dondon, par-dessous ma
baffie postiche, elle demeure inattendrie.

Ce que constatant, le bon Mammouth prend le
parti le plus raisonnable et le moins onéreux, celui
de lui décocher un *terrific* crochet au bouc.

Ça fait comme quand tu t'assieds par mégarde
sur ton paquet de cacahuètes.

La montagne de viande s'éboule.

27

UNE BLANCHE NE VAUT PAS DEUX NOIRES, SURTOUT QUAND ELLE EST MORTE !

Le principal intérêt de ma putain de vie, c'est qu'elle est extravagante. Je ne compasse jamais, fais fi de toute routine, hais l'autosatisfaction, m'insurge contre la soumission, abolis l'esclavage, mortifie les imbéciles, détracte le faux-cuage, n'emprunte jamais aux riches, prête quelquefois aux pauvres, bouffe les culs inodores, me laisse pleurer dans le gilet par les gens de cœur, embrasse les causes perdues, baise les femmes malheureuses, me fais sucer par les dames comblées, prie souvent l'hypothèse de Dieu, consomme des calories excédentaires, vote scrupuleusement, aime à faire des cadeaux, serais ravi d'en recevoir, vis et conduis souvent en état d'ébriété, demande beaucoup à la vie, lui donne davantage, tolère énormément, réprouve parfois, gagnerais à être méconnu, meurs à petit feu et sais suffisamment de saletés sur les autres pour pouvoir me faire une idée approximative de moi-même.

J'oubliais : me comporte plus souvent qu'à mon tour en mec complètement siphonné.

À preuve : il faut, tu en conviendras, mon vieux castrat, une sacrée dose de folie existentielle pour faire évader de prison quelqu'un qu'on vient d'y envoyer.

J'ai accompli pas mal de trucs louftingues au cours de mon existence scabreuse, mais celui-ci s'inscrit dans la lignée des grands actes incohérents de ma vie pathétique. Non seulement je l'assume, qui plus fort est : je le revendique.

Nous roulons en direction de Bruxelles à bord d'une chignole de louage (1). Ma prisonnière évadée est assise à l'arrière. Béru dort et loufe à l'avant. Quand il en craque une dans son sommeil, j'abaisse un peu ma vitre, histoire de ventiler. Y a des instants, ce pétomane ne libère que des louises sauvages.

Je phosphore plus vite que je ne conduis. Je me dis que la gonzesse qui me voue un culte démoniaque représente quelque chose comme de la dynamite. À manier avec soin. Elle est capable de bouffer mes aumônières après les avoir vidées ; voire de m'enfoncer une épingle à chapeau dans le cœur.

Ce genre d'aventurière m'est familier. Je l'ai pratiqué avec plus ou moins de bonheur par le passé. Au départ de la séance de brosse, tu ne crains pas trop ; mais une fois que tu lui as essoré l'intime, c'est pas ta limouille et ton bénouze que tu dois mettre, plutôt une armure !

Pourquoi l'ai-je arrachée de sa geôle à croix rouge ? Parce que, mon cher marquis, elle constitue pour moi la possibilité d'en apprendre davantage

---

(1) Ne pas oublier d'aller récupérer l'autre près de chez la dame Ballamerdsche ; je vais en avoir pour un fagot, de locations ! Tu m'y feras penser demain matin, hein ?

sur cette affaire hors du commun. Les autres membres de sa bande ne moufteront pas, tu penses bien. Elle non plus quand elle est dans son état normal ; seulement je l'ai vue en pleine béchamel, Ninette. Au fin fond de l'hystérie. J'ai compris que cette névropathe, quand elle est emportée par ses sens, ne se connaît plus. Je crois que, chauffée au rouge, le cul en liesse, il doit être possible de lui tirer les vers du nez. Un coup de bite en forme de coup de dés, tu piges ?

Celui qui ne tente pas l'impossible devra toujours se contenter de sa petite existence au rabais. Depuis notre fuite de la prison-hôpital, elle reste silencieuse. Faut dire qu'avec sa mâchoire disloquée et ses pansements de compétition, elle est pas motivée pour faire la pige à Jean-François Lepen dans ses métingues.

De temps à autre, nos regards se rencontrent dans le rétroviseur. Peut-être me sourit-elle sous sa gaze ? car j'ai l'impression que ses yeux sombres s'adoucissent. En tout cas, je lui miaule un baiser à vide (et avide) qui doit mettre son slip en crue.

Et bon, chaque tour de roues nous approchant de la capitale belge, nous y parvenons à une heure encore potable.

Cap sur l'hôtel *Amigo* où je suis connu.

Établissement impec, « de charme », disent les guides. Le perso est sympa et m'a à la chouette. Ça paraît logique que je me pointe avec une frangine. C'est le contraire qui les désemparerait, mes petits potes. Ils savent que je suis un performant de la grosse veine bleue et que j'ai besoin en permanence d'un harem qualifié pour mes exercices hélicoïtaux.

Béru, mal réveillé, bougonne qu'il a les crocs et exige une assiette anglaise d'urgence avec mayon-

naise, corninches bien croquants, boutanche de
Fleurie pour accompagner. Et s'il leur resterait un
plateau de frometons qu'aye un certain standinge,
il est preneur.

Je le laisse à son en-cas nocturne pour m'installer
avec la fille.

Un peu saccagnée par les tribulations du jour, la
brunette. On ne voit que son regard à travers les
pansements. Éperdu de passion, moi, je dirais en
toute immodestie, mais battu de fatigue comme on
l'écrit dans des romans que j'oserais même pas citer
leurs auteurs par superstition, pas qu'ils me portent
la cerise d'être évoqués.

— Vous voulez boire quelque chose, mon cœur ?

Elle accepte en branlant le chef.

— De l'alcool ?

Elle me fait que oui.

Je vais prendre sur la table de chevet un petit
bloc destiné à noter les messages, ainsi que le stylo
qui l'accompagne.

— Écrivez-moi ce que vous voulez.

Elle n'hésite pas :

Whisky.

Je lis et décroche le biniou pour réclamer deux
Chivas d'un bon millésime. Pendant ce temps-là, la
gerce continue de noircir la feuille à en-tête du
prestigieux hôtel. Puis elle pousse le bloc dans ma
direction.

Je l'empare et ligote :

J'ignore ce que vous comptez faire de moi, mais
je suis prête à tout car vous me rendez folle
d'amour !

J'abaisse le bloc et la regarde. Ses yeux sont deux
diamants noirs étincelants.

Une sorte d'émotion confuse me biche. Tu sais

l'à quel point je branle du cœur ? C'est comme si mon sang s'accélérait et que ses battements précipités se transforment en musique. Tu connais le grand air de *Nabucco* que chante si bien la Nana Mouskouri ? Un peu ça. C'est plein d'une solennelle ampleur. Ça s'enfle, ça moutonne. L'hymne, quoi ! Quand l'amour s'emballe vers les azurs, te colle des picotis dans le rectum et te mouille les yeux, voire les joues.

Je me penche au-dessus de son fauteuil. Elle retapisse illico que ma membrane farceuse entre en épanouissement. S'en assure de tactu. Ce qui accroît le phénomène.

J'ignore si elle a de la religion, probable qu'elle est musulwoman, la jolie, ça se ferait assez du côté de chez Karim ; toujours est-il qu'elle promène le bout des doigts sur l'endroit où je protubère. Sans cesser de m'inoculer son amour farouche.

Elle s'efforce de parler, mais ça confiture trop dans sa clape pour que ce qui en sort reste audible.

Dommage, j'ai idée que ça doit être poignant.

N'ensuite, c'est ses lèvres qui m'harmoniquent la braguette. Le Viol du bourdon ! Dondon dondaine. Reste plus qu'à dégager le bestiau avant qu'il fasse craquer les barreaux de sa cage. L'y parvient à gestes délicats de déballeuse de porcelaine fine. Oh ! ce monstre ! Je me rappelais plus qu'il était aussi phénoménal dans ses grands jours de liesse. Je vais faire la pige à Mister Bérurier, si mon Chinetoque n'explose pas.

Tu vois, on sent la personne d'action même dans ces instants d'abandon. La volatile pas qui se dresse et me fait reculer jusqu'au lit, me forçant à m'y allonger. Puis, en un tourne-pouce, elle se défait de son slip pour venir me chevaucher.

C'est féerique ! Fête nautique sur le Grand Canal ! Les fastes de Louis le Grand ! Tout ce qui est rêvable à n'en plus pouvoir. Malgré ma surdimension, elle me l'engouffre sans tu sais quoi ? Coup férir ! Avec une lenteur exaspérante, mais si voluptueuse. Va au bout du problème ; remonte dans un ralenti fabuleux. Le clapotis est celui de la barque de Lamartine sur le lac du Bourget, quand il allait draguer Elvire, ce nœud ! Nuit enchanteresse. Se laisser prendre par la femme invisible, c'est géant, non ?

Au plus fort de la pâmade, le gonzier du room-service nous apporte nos whiskies. Il a dû toquer, bien sûr : un hôtel de cette classe, tu penses ! Mais en pleine béchamel tels que nous sommes, on ne l'a pas entendu viendre.

Il dépose le plateau et s'approche du plumzingue.

— Excusez-moi de vous déranger, murmure-t-il, c'est pour signer la note...

Je tends la main de côté. Il me met un stylo-bille entre les doigts. Dans un premier temps, je lui dédicace le couvre-lit. Il me signale l'erreur. Place sa fiche sous ma paume et me la tient : serrement du jeu de paume ! Bravo, Santantonio, toujours le réflexe farceur !

Paraphe de l'Unique. J'ai pas de monnaie pour le pourliche. Qu'il se contente d'un jeton ! La môme continue à se faire violonceller la bagouze. Elle émet d'exquises plaintes sous sa gaze. La mélodie de la jouissance, à nulle autre pareille !

Tu te rends compte de ce qu'on arrive à faire sur le tas de cailloux de la planète Terre, Robert ? Une boule de matière en fusion qui s'est refroidie, et il en sort des êtres à sexes, des Ferrari 456, des curés de campagne, des bouteilles d'Yquem, plus une chiée monstrueuse de gens, d'animaux, d'objets, d'œuvres d'art, de coups d'État, de chaudes-pisses, de montres Cartier, de tampons périodiques, de feuilles d'érable ou d'impôts. Oh ! oui, OUIIII ! Agenouillons-nous et baisons cette planète miraculeuse. Qu'importe que nous nous y trucidions puisque c'est en son sein qu'on nous enfouit. Puisqu'on ne la quitte pas. La mort nous rend autres, mais notre présence se perpétue.

Le livreur de scotches sort à regret (et au pas de l'oie). Nous continuons de développer nos ébats éperdus.

Qu'à la fin, la môme explose de la moule dans un grand cri déchirant auquel le mien fait écho.

Foudroyée par l'intensité de son fade, elle se laisse choir sur le côté et sa jouissance se transforme en un sommeil profond.

T'avouerai-je que je ne tarde pas à l'imiter, après m'être rapidement défringué ?

On est là, pêle-mêle sur le couvre-pieu de satin broché, à dormir comme deux animaux enchevêtrés et poisseux d'amour.

Par instants, je perçois dans le silence un très léger tintement : nos glaçons qui se mettent à fondre dans nos verres de whisky imbus.

28

DE L'ÉQUARRISSAGE
CONSIDÉRÉ COMME UN ART NOBLE

Il est rarissime que je prenne un bain en compagnie de quelqu'un. Partager la flotte d'un autre bipède est pour moi la chose la plus gerbante au monde, après l'usage de sa brosse à dents. Et pourtant, ce matin, c'est ce que je fais, en compagnie de Lola (elle m'a révélé son blase).

Au réveil, un gai soleil belge éclairait la chambre. Ma compagne, accoudée sur le traversin, guettait mon retour du sirop de dorme. Ça me l'a provoqué, fatal. J'ai aperçu « la femme invisible » à mon côté, la jupe toujours roulée à la taille et pas de slip ! Chatte noire à la végétation intense. Elle a dressé sa jambe droite, son frifri s'est entrebâillé un tantisoit. Rose comme l'aurore ! Tout de suite le choc ! Un court-circuit. Mais putain, ça va continuer jusqu'à quand, cet électrochoc du fion, Léon ? Une craquette qui fait la moue et le chibraque à monsieur fait le beau et veut sauter à travers un cerceau !

Ça n'a pas traîné. Le coup du matin ! Celui du pénitent en route pour Compostelle. Une vergée ardente, certes, mais d'une grande sobriété dans l'exécution. La tringle de l'homme bien éduqué.

Enfournement sans préalables. Chevauchée en pleine retenue, n'allant pas jusqu'à l'épique. La bouillave consciencieuse, dirai-je-t-il pour mieux me faire comprendre. Un radada quasi matrimonial. Foin des manœuvres auxiliaires telles que : doigt dans l'oigne, mordillements des lobes auriculaires, coups de genou dans le fessier. Non : une baisance stricte ! Mais qui est, parfois, plus ardente que la copulation à grand spectacle. Le coït « Automobile Club », si tu vois où je veux en viendre. Presque B.C.B.G.

Elle en mourait de pas pouvoir parler biscotte son tiroir brisé, Lola. Elle avait tant et tant de choses à me dévider, la chérie. Tant et tant de reconnaissance à m'exprimer. Jusque-là, sa vie de terroriste lui avait tenu lieu de sexualité. Elle jouissait dans l'action. Les matous qu'elle s'était respirés n'avaient déclenché en elle que des excitations vite éteintes. Et voilà qu'à presque trente balais elle comprenait enfin ce que c'est que « s'envoyer en l'air ». Le panard ! Le grand, l'étincelant panard ! Tu te rends compte, pour une fille de son pays, ce que ça représente, cré bon gu !

On s'est essorés en grande harmonie et c'était peut-être ce qu'il y avait de plus formide dans notre rencontre, ce synchronisme parfait de nos jouissances.

Après cette nouvelle somptuosité, elle a décidé d'aller prendre un bain avant de petit-déjeuner. M'en a informé par bloc-notes. J'ai acquiescé. C'est en entendant cataracter la flotte dans la baignoire que l'idée m'a biché de la rejoindre.

Nous voici à jouer Flipper-le-Dauphin dans de l'eau mousseuse parfumée au pin des Vosges. On, tu sais quoi ? Batifole ! Éclaboussant le carrelage, les murs, les miroirs.

Elle rit à travers sa gaze. Son pansement trempé se plaque sur son visage comme lorsqu'on prend le moulage d'un défunt. Seulement, elle, pardon : l'est extrêmement en vie !

Je joue à lui introduire mon gros orteil dans la chatte (j'ai les ongles coupés court). C'est mutin, non ? Tu crois que le Roi Soleil (qui destitua Fouquet parce qu'il lui faisait de l'ombre) s'amusait commak avec Mme de Maintenon ? *Why not,* après tout. Plutôt avec la petite La Vallière, t'estimes ? Faudra que je demande à Decaux. Mais ça n'aurait rien de surprenant : « pour grands que sont les rois, ils sont ce que nous sommes ». Quand tu pratiques la bête à deux dos, ton sceptre d'apparat, tu l'utilises comme godemiché. Tu trouves pas que je deviens de plus en plus scabreux, Mathieu ? Les effets (ou méfaits) de la vie imbandante de ces temps de merde, penses-tu ? Peut-être ; mais toujours est-il. À une époque où tu es fiché jusqu'à ton plus humble et plus secret grain de beauté, t'as tendance à compenser la liberté jugulée par celle du langage pendant que la grossièreté demeure en vente libre. Quand on sera muselés complet, il nous restera plus que le privilège de bédoler dans notre froc.

Donc, je lui zigougne mon gros orteil dans le fri-fri, et tout de suite ensuite, c'est ma tête de nœud que je fais déambuler, en grande majesté, entre ses seins. La pauvrette aimerait m'arpenter le sous-burnes de la langue, mais sa chierie de pansement détrempé me prive de cette friandise.

Au moment qu'on a l'idée d'une pratique non négligeable, consistant en un broutage circonflexe,

accompagné d'une circonvolution du pouce dans la
boîte aux lettres verticale, avec doigt de cour dans
l'œil de bronze, la sonnerie intrépide du téléphone
vient perturber l'exécution de ce programme.

Mézigus, parmi mes faiblesses, se situe l'impossibilité dans laquelle je suis d'ignorer une sonnerie
d'appel. C'est physique chez moi.

— Je te demande pardon, chérie, récité-je-t-il.

Puis de passer dans la chambre dégoupiller
l'abject combiné.

Béru !

— Tu es réveillé ? grommellé-je-t-il.

— T'sais l'heure qu'on vit, mec ?

Tiens, c'est vrai, je ne me suis pas encore intéressé à mon sablier de poignet. Posé sur ma table
de chevet, il indique onze heures quarante-cinq.

— Tu as pris ton brique-faste ? m'enquiers-je.

Il barrit :

— Tu m'croives dans ma piaule d'à côté d'la
tienne ?

— Ben, je pensais, oui. Où es-tu ?

— Chez l'antiquitaire, au Bois de la Cambre, et
tu ferais bien d't'radiner en Chronopost : j'ai du
très superbe à te montrer.

— Quoi donc ?

— Surprise !

Il raccroche. J'en fais autant. Considère avec
mélancolie mon paf qui court sur son erre. Ni coups
perdus, ni les frifris reviennent, apollinairé-je.

Retour à la salle d'eau où Lola attend mon retour
en se cambrant de manière à faire émerger les poils
de sa foufoune. Tant qu'ils affleurent seulement, ils
restent bouffants ; si elle les extrait complètement
de la baignoire, ils se mettent à ressembler à des

algues noires, ruisselant comme des varechs à marée basse.

— Navré, lui dis-je : je suis obligé de sortir, mais je reviendrai le plus vite possible et j'apporterai ce qu'il faut pour refaire ton pansement.

Soumise, elle acquiesce. Je me loque en deux coups d'écuyère à poil. Voilà mon fruste bonheur brusquement sapé. Je ressens un pincement au cœur et ma gorge se noue. La perspective de la quitter un moment ? La crainte de ne plus la trouver ici en revenant ?

Je m'assois (ou m'assieds) sur le rebord ruisselant de la baignoire.

— Que je te dise, Lola...

Moi qui ai la menteuse plutôt bien pendue, je « m'encouble » dans les mots, comme emploient nos amis suisses.

Son regard noir me fixe à travers le masque de gaze mouillée.

— Écoute, m'efforcé-je, nous sommes chacun d'un côté de la société. J'ai commis un acte inqualifiable en te faisant évader. Mon seul argument, et il est boiteux, c'est que je ne suis pas dans mon pays et que mes entreprises, ici, restent marginales. Je vais sortir. Personne ne te surveille, je t'en donne ma parole d'honneur. Tu peux profiter de mon absence et filer ; ce serait d'ailleurs la meilleure des choses. Au cas où tu adopterais cette solution, je laisse de l'argent sur la commode. Agis comme tu le sens.

Je promène ma main sur ses épaules mouillées. Et puis m'en vais d'un bond.

Commak que doivent avoir lieu les importantes séparances. Foin de mouchoirs agités, de baisers bradés, de zyeux rougis. Tu tournes le dos et mets

le turbo. Le reste n'est que plume dans le prose.
Barbe à papa de l'émotion. Cinoche de l'âme.

« Tu t'en vas et tu nous quittes.

« Adieu, pense à moi quelquefois... »

Il chantait juste, le bon Francis, avec ses yeux de
bouddha et ses lèvres négroïdes.

Je m'en vas.

*
*   *

La belle avenue dans une lumière blondasse. De
rupines propriétés pour Belges fortunés. Des
pelouses bien ratissées, des arbres à pedigree, des
grilles d'un vert noirâtre terminées en piques
dorées. Un vent du Nord qu'aurait aimé Brel ébou-
riffe les frondaisons et fait chier les girouettes.

De très loin, je reconnais la silhouette unique au
monde de mon vieux Béru. Tiens : il a mal arrimé
sa braguette et un bout de chemise, qui ne sera plus
jamais blanche, en sort.

Il est accagnardé au balustre de la porte. Sa tro-
gne violine ressemble, de loin, à un gyrophare qui
ne gire plus.

J'opère un arrêt de haut vol, style film amerlo-
que.

— Y a l'air de faire soleil, mais on s'les caille,
me déclare-t-il.

Je descends de mon véhicule et parviens à son
niveau. Il a quelque chose de modifié que je
n'arrive pas à détecter.

— Pourquoive me regardes-tu-t-il avec c't'insis-
terie ? me demande le cher homme, inquiet.

— Je te trouve bizarre.

— Moive ?

— Disons : différent.

Il a un sourire large comme les bras de l'accueil.

— Je voye. Figure-toive qu' j'ai pris un bain, c'morninge. Un vrai, av'c de l'eau.

— Ça, par exemple ! Et en quel honneur ?

— Une lubie, s'excuse le Chérubin. Je chiais en r'gardant la baignenoire. Elle est grande, rose, basse. Sur des étagères, y avait une flopée d'flacons pour parfumer l'eau, des poudres, des zhuiles. V'là que, brusqu'ment, ça m'a donné envie d'chiquer à la princesse d'Orient. Moi, des bains, sauf accident, ça fait des suspensions (1) qu' j'en n'avais pas pris. Et brusqu'ment, v'là qu' ça m'biche d'une façon incoercible.

— Quel mot viens-tu d'employer, Gros ?

— Incoercible ; pourquoi, c'est pas corrèque ?

— Au contraire, ça l'est trop ; et puis ?

— Ben, je finis par céder à la tentation, grand. J'm'dis : c't'une occase qui s'retrouvera p't'ê' plus. Bien sûr, des salles de bains, j'en côtoye n'au cours d'nos déplacements, mais d'avoir l'envie d'm'en servir, ça c't'une aut' paire d'couilles. La flotte m'a toujours fait horreur. Alors, joignant l'geste à l'envie, j'ouv' les robicos. La tisane pisse en bouillellonnant ; ma pomme, comme si j'serais soûl, m'v'là à vider d'dans tous les flacons, sachets, capsules à dispose.

« Charogne ! Ça moussait jusqu'au platfard. N'ensute, à poil le bébé ! J'm'dis : « Gros, quand c'est qu'le vin est tiré, faut l'écluser ; pour un bain, c'est du kif ! » et je plonge une pattoune dans la baille, ensute l'aut'. Une dernière hésitance, c'est mon cul que j'y merge. Tu me croiras si tu vou-

---

(1) Il est probable que Béru veut dire « des lustres ».

dras, je ressens tout soudain un immense bien naî-
tre. Comme si j'tirais ma flemme su' un nuage du
printemps. J'm'en suive mis à bandocher d'plaisir,
mec. Et puis, t'sais p't'êt' pas, mais quand tu loufes
dans le bouillon, tes louises s'transforment en belles
bulles jaspées. »

— En bulles comment ?

— Jaspées. Pourquoive, j'dis un' conn'rie ?

— Bien au contraire, Maître.

— Ah ! bon, faut m'reprend' quand j'employe
un mot pas corrèque ; c't'un service à m'rend'.

Il s'approche de ma personne.

— Renifle, mon pote, et réponds-moive
franch'ment : c'est pas « l'Émile et un' Nuit », ton
Alexandre-Benoît ? Si tu voudras l'fond d'ma pensée, j'ai la trouille d'deviendre accro aux blablu-
tions parfumées. Tu voyes pas qu' j'm'misse à
prendre un bain par s'maine ? Un' vraie cocotte !
Si mon pauv'père m'voiliait, y s'rait pas fier d'son
fils. Faut qu' j'vais m'ressaisir, pas tourner fiotte à
mon âge.

Sur cette sage décision, il pénètre dans l'étrange
maison de la défunte dame Ballamerdsche.

— Je peux connaître la raison de ton appel, mon
mignon ? m'enquiers-je, tout en marchant, ayant
appris très tôt à parler et à me déplacer simultanément, ce qui n'est pas à la portée de tout le monde.

— J'préfère t'laisser découvrir la chose d'vive
voix, fait l'Hermétique-au-corps-odorant.

29

DE L'ÉQUARRISSAGE CONSIDÉRÉ
COMME UN ART NOBLE (SUITE)

En pénétrant dans la maison, je perçois, venant du premier étage, une musique d'opéra que je n'arrive pas à situer. *Parsifal,* peut-être ? En tout cas, du Wagner, j'en mettrais ma bite à sucer.

Le rez-de-chaussette paraît désert. Les vétusteries du salon d'exposition sentent fort la vermoulance et les cires chargées de la combattre.

Je marche à pas de greffier au côté du Propret. Une lumière grise et triste dans laquelle dansent d'étranges poussières séculaires accroît le sentiment de solitude ; n'était cette musique cuivrée, on se croirait dans une crypte.

Le Mastard, de son allure déterminée de guide de musée, m'entraîne au sous-sol. Son silence voulu est plus massif que sa personne.

Nous parvenons devant la lourde à système de la partie occulte. Il actionne le dispositif d'ouverture et nous empruntons le couloir conduisant au dortoir dont à propos duquel je t'ai causé. La seconde porte qui le termine nous obéit sans difficulté et nous revoici dans la pièce où nous fûmes gazés d'importance, lui et moi. D'instinct, me voilà réduit aux aguets. Tu connais ce merveilleux proverbe concernant le chat échaudé qui craint l'eau froide ?

Seulement, sitôt que j'ai franchi le seuil de la vaste pièce, j'oublie ma prudence. Le spectacle qui m'attend a de quoi guérir, d'un seul coup d'un seul : le hoquet chronique, la diarrhée verte, l'érysipèle, les tumeurs de la médullo-surrénale, la chaude-pisse et les chancres mous.

Figure-toive (comme dirait le Mammouth) que le dortoir n'est plus vide. Cinq personnes l'occu-pent, étendues sur les couches alignées. Je recon-nais, par ordre d'apparition à l'écran : Adèle Hurnecreuse, la secrétaire ; Clémence Schope, l'infirmière attachée à la personne de la fille han-dicapée de feue Mme Ballamerdsche ; Isydor Dun-hoeil, le valet de chambre ; Gertrude Givez, la cuisinière, et Jean Composte, le jardinier-homme de peine. À savoir tous les habitants de la demeure, moins la fille handicapée.

Ils sont pareils à des gisants : habillés, chaussés, les pieds en flèche, les mains croisée sur leur bas-ventre, les yeux clos.

Ma stupéfaction surmontée (tant bien queue mâle), je m'approche de la délicieuse secrétaire. Elle est d'une pâleur de porcelaine, avec des pau-pières bleues et des lèvres qui le sont également.

— Alors, m'sieur le duc, demande le Récuré (d'Ars), qu'est-ce vous pensez-t-il d'c'tableau d'chasse ?

— On leur a infligé le même traitement qu'à nous, hypothésé-je.

— J'croive pas, répond mon ami ; touche un peu leur poule, par curieusance.

— Leur quoi ?

Il cueille son poignet gauche entre son pouce et

ses quatre autres doigts droits pour figurer un contrôle de pulsations.

— Ça !

Je tâte le poignet de la petite Adèle aux affaires étranges, calmos pour commencer, puis avec affolement : c'est l'immobilité absolue, le froid, la rigidité.

— Ils sont morts ? demandé-je comme si j'avais besoin d'une confirmation de Sa Majesté.

— Et raides comme barres, mon pote. C'qu'on leur a fait respirer, à euss, c'est pas du 5 de Charnel !

Je vais d'un plumard à l'autre, regardant ces défunts avec incrédulité.

— Pourquoi une telle hécatombe ? je murmure.

C'est saisissant, ces gisants marmoréens qui ressemblent à des couvercles de sépulcres. Cela me fait penser à ces suicides collectifs de gens appartenant à des sectes qui ont bouffé leur esprit après leurs éconocroques.

Le pire, c'est la passivité des trépassés. On a l'impression qu'ils se sont délibérément confiés à la mort, sans peur, voire sans appréhension.

— Ils étaient givrés, conclut le Gros. Si j'te direrais, la première fois qu' j'aye entré dans c'te maison, j'ai z'eu comm' le pressentiment qu'arrivererait quéqu' chose. J'voiliais ces personnes telles si z'auraient pas été vraies. Et quand j'ai saccagné la gueule du larbin qu'esgourdait à la lourde, j'ai rien senti, kif qu'il aurait été en barbe à papa.

— Je pense que, néanmoins, lui avait senti ton parpaing, mec. Mate : il en porte encore la trace sur sa viande morte !

Mais il tient à sa version un brin surnaturelle,

Pépère. Pour une fois qu'il se fourvoie dans la quatrième dimension, il refuse de laisser gâcher l'expérience.

Dernière inspection générale. Je visite les pièces
« agaçantes » (Béru dixit). Elles sont vides. Ne recè-
lent rien d'intéressant. Je m'efforce d'examiner les
lieux avec soin car je n'y reviendrai sûrement plus.
Mes confrères belges vont prendre les choses en
main et je n'aurai qu'à rentrer auprès de ma vieille
maman.

Faudra bien que je me décide à lui accorder
davantage de temps à ma Féloche ! Bientôt elle me
tirera sa révérence en douceur et je resterai planté
dans sa cuisine, foudroyé par son absence. Sa chère
cuisine dont le fourneau sera éteint. Sa cuisine avec
ses objets familiers : son tablier accroché derrière
la porte, son étui à lunettes déglingué, posé sur
l'étagère, entre le pot de faïence marqué « farine »,
et le pot plus petit marqué « pâtes », son flacon de
digitaline Nativelle flanqué du compte-gouttes qui
laisse une tache auréolée sur l'emballage, sa tasse
à café de toujours, genre mazagran dont le motif
peint représente des myosotis. « Ne m'oubliez pas »
dans le langage des fleurs. Pas de danger que
j'oublie. Oh ! non : pas de danger...

C'est cette assemblée de viandes froides, probable, qui me file ces pensées macabres à propos de
Féloche.

— Je me demande s'il s'agit d'un suicide ou d'un
assassinat collectif, soupiré-je.

Le Mastard est sceptique sur ma première hypothèse.

— Tu voyes ces gens se réunir ici pour s'envoyer
dans l'eau de là ? La s'crétaire, l'vilain larbin, la

cuistaude... Tu parles d'une confrérerie de fantômes.

Nous quittons ce sous-sol funeste pour rallier des endroits moins morbides.

— En entrant, j'ai entendu de la musique ? dis-je.

— Mouais, fait le Propret, c'est la fille d'la maison, celle qu'a le cigare qui roul' su' la jante. Comme ell' est dans la choucroute, on y a laissé la vie sauf.

Nous montons à l'étage. La jeune femme est installée devant une table basse surchargée de cubes de plastique. Elle se tient agenouillée, son cul exquis sur ses talons. Elle est vêtue de son éternel jogging vert et blanc qui commence à être malpropre. Des traînées d'aliments liquides en souillent le devant. Son jeu (si l'on peut qualifier ainsi le tripotage qu'elle opère et qui ne rime à rien) consiste à « touiller » des éléments de puzzle inlassablement. La chambre sent affreusement mauvais. Je me rends vite compte que son occupante, privée d'assistance, a déféqué sur le tapis. Une bouteille de lait renversée, un pot de confiture dans lequel elle a plongé ses doigts, ajoutent à la désespérance de l'endroit. Curieux comme l'homme sans raison se ravale plus bas que l'animal.

— Qu'est-ce ell' va deviendre, on s'd'mande, soupire Bérurier. Un' môme qui s'rait si choucarde si son cigare avait pas foiré.

— Sa mère a dû prévoir l'avenir de cette gosse, dis-je. Le fait qu'elle ne l'ait pas placée dans une maison prouve qu'elle lui portait un grand amour malgré le naufrage de son esprit ; par conséquent, elle aura prévu « l'après elle ».

— Programme ? fait Mister Clean.

— Il n'y en a qu'un, dis-je : on va prévenir nos potes bruxellois ; cette malheureuse ne peut rester davantage sans soins ni surveillance.

— Tu passes un coup de biniou ?

— Non : l'affaire est trop grave ; il faut que je rencontre d'urgence Martin Gueulimans pour l'affranchir en long et en large.

— Il va pas apprécier qu'on soye v'nus d'not' prop' initiative, sans lu référer.

Perplexe, je stoppe mon élan. Mon éminent homologue doit se dire que j'en fais un peu trop, et la découverte de l'hécatombe par une « charrette de Français » risque de défriser les poils qu'il a sous les bras.

Un moment passe, à peine troublé par le bruit des cubes que remue l'handicapée du bulbe.

— Si tu voudras mon avis, mec, poursuit l'Étincelant, on va interpréter cassos, n'ensute on passera un coup d'turlu synonyme aux confrères comme quoi y aurait des macchabes chez l'antiquitaire. Et nous, on joue les Pierre Poncepilastre.

J'évasive de la casquette. Il a sûrement raison, le Pommadé. Après tout, que pouvons-nous faire de plus dans la limite de nos prérogatives ?

— Bon, dis-je. Alors on passe le bébé à nos copains belges et on jette l'eau du bain ; si bien que ça nous aura conduits à quoi, tout ce bigntz, cher Agénor ?

— Déconne pas, grand. Y t'rest' une atouse majeure : la gonzesse qu'on a arrachée d'l'hosto d'Anvers. Tu l'as ensorcelée, c't'péteuse. Embarquons-la en France, é finira par tout t'cracher entr' deux coups de guiseau et une broutée-dégustation-doigt-dans-l'-chérubin.

Il ajoute :

— C'est d'chez nous qu'c't'affaire est partie ; c'est chez nous aut' qu'elle finira, j'l'sens.

Il ajouta :
— C'est drôlce nous que t'aille ira est partie :
c'est chez nous sur que elle finta. J'sens.

30

CHERCHEZ L'ERREUR !

Tu vois, l'existence, ce qui la rend supportable, c'est pas seulement les tringlées que tu perpètres, les grandes bouffes que tu t'envoies, mais, autant que cela, les hasards qui te météoritent sur le coin de l'horoscope.

Plus j'y gamberge, davantage je me rends compte que mon destin aura franchi la vie à gué, en se déplaçant sur des fortuités, des rencontres imprévues (et qui pis est imprévisibles). Par exemple, je te prends l'instant qu'on vit, le Gravos et ma pomme.

Rallié au point de vue de mon Mastodonte et tant bien que mal ami, je quitte la grande crèche avec lui. On suit l'avenue. Le soleil a rengracié et, à présent, il fait cotonneux, nuagesque. Ciel malfamé, temps que tutoie une mer du Nord projetant de nous faire chier. J'avise une cabine tubophonique sur ma dextre. Y a justement de la place à promiscuité. Je me range. Le Bibendum récuré qui a pigé, murmure :

— *Alinéa jacte à l'aise.*

Car il dispose de plusieurs locutions latines pour démontrer la vastitude de sa culture.

J'empoigne l'annuaire Bruxelles et banlieue à la recherche du numéro de la Rousse. Tu me suis, p'tit Louis ? Chaque geste a son importance. En faisant un effort minime pour dégager le monstre *book,* je me fais connement mal à l'épaule : faux mouvement.

On est fragiles, nous autres bipèdes, et sais-tu pourquoi ? Biscotte notre position verticale à laquelle on ne s'est pas encore habitués. Quadrupèdes au départ, nous aurions dû le rester. Nos frères à quatre pattes n'ont pas nos problèmes de dos, de bide et de ceci, cela ! C'est de nous mettre debout qui nous a cassé la cabane. On pendouille, on coltine notre lard sur seulement deux montants ; alors, fatalement, on en subit les conséquences. On continuerait de vaquer quadrupattes, on serait performants à bloc. Mais non : fallait qu'on vanne, qu'on en installe, qu'on roule les mécaniques, pauvres enfoirés que nous sommes. Regarde le singe : il commence à l'avoir dans le fion à s'être dressé. Note qu'il ne l'est pas encore totalement et qu'il se repose à quatre mains. Mais vu qu'il a pris l'homme pour modèle, je ne donne pas un ou deux millénaires avant qu'il l'ait dans dans son gros cul rouge, ce nœud ! Qu'il chope des varices, des arthroses de la hanche, des descentes d'intestin et toutim.

On l'a eu dans l'oignon, à devenir bêcheurs, moi je dis. C'est comme de s'attarder aux gogues pour cloper ou bouquiner : tu sais qu'il faut être zinzin ! Un spécialiste du figneded m'expliquait que les cagoinsses, on ne devrait jamais y passer plus de trente secondes. Tu coules ton bronze et tu rejoins la vie. Les tordus qui s'y bouclardent pour lire entièrement *Le Monde* ou bien le dernier de *Poloux sur l'Isère,* un jour ou l'autre, ils bérézinent de la boyasse, biscotte leur fondement se la joue belle. Paraît qu'il est préférable de se faire sodomiser, c'est plus sain.

Toutes ces considérations d'une certaine tenue philosophique me fourvoient. Faut vite reviendre, pas que t'impatientes. La grande règle du polar, ça : toujours tenir le lecteur en haleine, sinon il te moule en plein paragraphe, charognard comme il est !

Donc, faux mouvement en dégageant l'annuaire de Bruxelles. Je lâche l'opuscule pour me masser l'épaule. Ce faisant, mon regard erre sur l'avenue. Sur l'avenue où, à quelques centaines de mètres, s'élève la demeure des Ballamerdsche que nous venons de larguer.

Mon intérêt fulgure lorsque j'avise un taxoche en train de stopper près de l'entrée. Quelqu'un en descend, que je reconnais à distance. Le clille carme sa course et pénètre dans le parc.

Dès lors, je me précipite hors de la guitoune vitrée et rejoins ma tire où Bérurier fait ses gammes pour une menue pioncette improvisée.

Un coup de pompe dans le boudin de gauche fait vibrer le véhicule. Le Gravos soulève ses paupières globulaires pour me confier un œil jaune et rouge kif le drapeau espagnol. D'un geste, je lui intime de descendre.

Docile, il.

— Quoice ? bredouille-t-il à travers les pâteuseries de sa clape fermentée.

— On retourne à la villa !

— À pincebroque ?

— Il te reste assez d'énergie pour parcourir deux cent cinquante mètres ! l'assuré-je-t-il.

Il m'emboîte le pas.

— Pourquoi qu'on débrousse ch'min, mec ?

— Je tiens à un max de discrétion.

Il aurait envie d'en savoir un tout petit pneu plus, mais dans le fond, ça le fait chier de parler. Alors il se met à arquer feutré, calquant ses enjambées sur les miennes.

Nous marchons sur la pelouse pour étouffer le bruit de nos pas.

Et revoici le hall d'exposition, plein de ces riches épaves encaustiquées que les siècles ont rejetées sur les rivages du temps présent (1).

Y ayant pénétré, j'enjoins à mon Valeureux de se fondre dans un silence de crypte. Bonne initiative, car il s'apprêtait justement à en craquer une d'au moins trois cents décibels (la voix humaine a pour intensité 55 dB en moyenne, je me permets de te le rappeler). Grâce à un prodigieux effort de ses sphincters, l'Immaculé rengaine un vent qui n'arrivait pas du large.

Ayant tendu l'oreille au point de la développer jusqu'aux dimensions d'un plat d'offrande, je perçois un bruit mal discernable en provenance du hall.

M'y rends.

Une fois que je m'y trouve, je constate que les sons tombent en réalité de l'étage. La respiration du Mammouth est si forte qu'elle me fait penser à celle d'une ancienne locomotive de western.

D'une péremptoirerie de la dextre, je lui intime

_____

(1) Si quelques irréductibles contestaient encore le talent de San-Antonio, il suffirait de leur mettre le nez dans une phrase de cette facture pour leur rabaisser le caquet !
Bertrand Poirot-Delpech, Navigateur-motard pas toujours solitaire.

l'ordre de rester dans le hall d'exposition. Pour une fois, cet être, indiscipliné de nature, m'obéit.

Dès lors, le fils unique de Félicie ôte ses mocassins et s'avance en chaussettes jusqu'à l'escalier.

La cage de celui-ci réverbère les paroles de deux femmes.

Elles parlent posément, comme des personnes dont le self-control n'a pas été acquis dans un cours de théâtre.

— Vous êtes folle d'être venue ici, alors que vous êtes recherchée par la police ! fait une voix que je ne connais pas.

— C'est bien parce que je suis traquée que j'ai besoin d'aide ! riposte faiblement celle de Lola.

Car, oui, c'est elle que j'ai vue radiner en taxi. Ça te la sectionne, non ? Le plus baisant, c'est qu'elle jacte comme moi et toi (dans tes bons jours), la garce !

— Vous espérez quoi ? fait son interlocutrice avec âpreté.

— Votre aide, tout simplement. J'ai pu m'évader grâce à un crétin de flic français que j'ai violé de haute lutte ; mais sa bienveillance ne saurait être que passagère, d'autant plus qu'il a évidemment une idée de derrière la tête. Ces salauds-là ne peuvent être fiables. Il m'a sortie de taule pour mieux disposer de moi.

Ici, j'entrouvre une parenthèse pour te confirmer ce que tu es en train de penser, à savoir que j'en déguste plein ma vanité légendaire. Je sais des nœuds à ressort qui doivent mouiller de ma désilluse ; des pauvrets de la coiffe, des pas frais du bulbe pour qui je représente le prototype du macho.

Toute vexation à mon endroit constitue une aubaine et les fait humecter leur slip douteux.

Au-dessus, les deux femmes poursuivent leur conciliabule. Je devine un affrontement, à l'âpreté de leurs voix. Deux tigresses qui parviennent mal à se faire patte de velours.

L'interlocutrice de Lola déclare, au bout d'un silence tendu :

— Ma chère, vous êtes une femme poursuivie dont la position va devenir très inconfortable dans les heures prochaines. Votre unique chance c'est ce flic français. Il s'est mouillé en vous faisant évader, à vous de le manœuvrer en conséquence pour qu'il vous aide à gagner un pays moins malsain.

Nouvelle période de mutisme.

Puis, Lola :

— En résumé, vous refusez de m'aider ?

— Ce serait folie pour l'une et l'autre, Lola ; la seule chose que je puisse faire, c'est vous remettre quelque argent.

— Qu'appelez-vous quelque argent ?

— Je dispose, ici, d'environ dix mille dollars ; c'est suffisant pour parer au plus pressé.

— Vous vous foutez de moi ! Dix mille dollars alors que vous allez toucher le pactole !

— Je ne l'ai pas encore.

La voix de Lola devient acide comme un filet de citron (pauvres huîtres, quand j'y pense !).

— Vous vous rendez compte, j'espère, que je n'ai qu'un mot à dire aux flics pour que votre bel édifice s'écroule ?

— Quel intérêt auriez-vous à le faire ?

— Vous oubliez que ce genre de révélation peut se négocier !

Encore une pause. Je me tourne vers Béru et l'aperçois endormi dans un fauteuil curule où, très jadissement, des magistrats romains posèrent leurs vénérables culs malmenés par la sodomie ou les hémorroïdes.

Il a la santé, le Propret. Me voilà donc seul !

L'interlocutrice de ma « conquête » adopte une voix conciliante :

— Écoutez, à quoi sert de nous chamailler ? Je vais vous remettre l'argent ; par la suite, je vous donnerai la part qui était convenue.

Son argutie produit de l'effet sur une fille aux abois qui n'a guère le choix.

— Donnez toujours, fait-elle, mais ne vous imaginez pas que nous sommes quittes...

— Je n'imagine rien de tel, ma chère : je ne suis pas folle !

Suit alors un moment, non pas de silence, mais de black-out complet. Je perçois le raclement d'un meuble que l'on traîne sur le parquet (où on l'avait déféré).

Puis, à nouveau, la voix de l'autre femme :

— Aidez-moi !

Ensuite, ça va très vite. Un choc sourd, comme on dit puis dans les romans policiers, t'auras remarqué ? Les chocs sont toujours sourds ; ça impressionne davantage (1).

Une nouvelle phase de silence, et c'est un bruit lent ; un bruit de glissement.

Depuis le hall où je me tiens, j'avise le dos d'une femme ployant sous l'effort. Elle en hale une autre,

(1) Le jour où on les équipera d'un sonotone, la littérature de mon genre y perdra.

inanimée. Recule jusqu'à l'escalier, s'y engage prudemment, toujours attelée à sa victime.

Je reconnais la « fille » de Mme Ballamerdsche, laquelle, à cet instant, ne paraît pas plus demeurée que toi et moi. Elle tient Lola par-dessous les bras et la traîne courageusement. Elle me fait songer à ces fourmis affairées que l'on voit coltiner des charges dix fois plus grosses qu'elles.

De temps à autre, elle s'interrompt pour reprendre son souffle. Puis elle assure son fardeau et entame sa descension.

Lorsqu'elle est à plus près à la moitié de l'escalier, je prends l'initiative de me manifester :

— Besoin d'un coup de main, mademoiselle ?

C'est dans ces circonstances-là que tu reconnais les grosses pointures des lavasses !

Dieu sait que je viens de lui causer fameuse secousse. Eh bien, elle ne perd pas une fraction de seconde à se retourner ! Non : ne m'accorde pas le plus petit bout de regard. Instantanément, tout son individu se mobilise pour son salut. D'une fantastique cabriole, elle passe par-dessus sa victime et escalade en deux bonds les marches la séparant de l'étage. Se rue dans sa chambre dont elle claque la porte avec force.

Tandis que moi, Ducon, flic d'élite et fils unique de la bienheureuse Félicie, je n'ai pas encore amorcé un projet de mouvement.

Mimi, non ?

31

GARE AUX TACHES !

Mon esprit est tourneboulé par l'effarante découverte que je viens de faire. Ainsi donc la fille « demeurée » d'Irène Ballamerdsche est en complète possession de ses facultés ! De quoi se l'extraire et se la passer au papier de verre (il en est qui préfèrent la toile émeri, mais je la trouve trop abrasive pour mon gland délicat).

Galvanisé par cette révélation, je m'élance (d'arrosage). Ce, à la seconde précise où la gonzesse réapparaît, contre toute attente. Moi, bonne truffe, j'imaginais qu'elle allait se bouclarès dans sa piaule, mue par un instinctif besoin d'échapper à la dure réalité que je représente. Ben *niet,* tu vois ? La mademoiselle resurgit à la porte de sa chambre, armée d'un truc qu'on pourrait qualifier soit de bizarre, soit d'étrange. Il ressemble à un pistolet ; il en a la forme et la couleur, mais c'est autre chose.

Alors, tout s'opère dans un ralenti infernal. Je vais, comme toujours dans les circonstances exceptionnelles, te décomposer ce qui suit afin de le mettre à portée de ta comprenette dont je sais l'imperformance.

En une fraction de fraction de poil de zob, je

décide de bondir sur mon agresseuse dont dix-sept degrés me séparent. Témérité insigne ! Folie d'un individu dont les actes héroïques se ramassent à la pelle ! Heureusement, oh ! que oui : mille fois heureusement, mon lutin perso (que d'autres appellent leur ange gardien) se manifeste. Tu sais comment, Armand ? On me faisant accrocher l'extrémité de ma chaussure droite après un lolo de Lola.

La manière qu'a cette amante effrénée de me sauver la mise ! Car je m'étale comme une merde presque en haut de l'escadrin, cela à l'instant où la fille d'Irène se sert de son arme inconnue. Une sorte de souffle glacé passe à quelques centimètres de ma tronche. Ma pomme, je ne prends pas le temps d'analyser la situation, non plus que mes urines de la nuit. J'opère un bond inouï que, dans les *Contes de ma mère l'Oye* et dans ceux d'apothicaire, on nomme le « bond du crapaud enchanté ». Ce fantastique élan m'amène à quelques quatre-vingt-quatre centimètres de la houri. Avec l'énergie et la sidérurgie du désespoir, je chope l'une de ses chevilles et l'attire à moi d'une secousse forcenée qui la déséquilibre. Elle choit. Son arme féroce lui échappe.

Bibi, induit par l'instinct de conservation, se fout à plat ventre sur elle comme un soudard qu'aurait décidé de se la violer nature, sans emballage-cadeau. Je conclus l'exercice d'un coup de tronche morbide au beau milieu de sa frite. T'as pas entendu un craquement, técolle ? Si, hein ? Je me berlure pas. M'est avis que j'ai dû lui exploser le tarbouif à cette vilaine pécore. Toujours est-il qu'elle inanime séance tenante, mam'zelle. En respirant avec une rare bruyance, tel un mouflet souffrant de graves végétations.

Quand je me sépare d'elle, je constate qu'en effet sa physionomie a beaucoup dégusté et elle ressemble plus à une accidentée de la route qu'à Miss Univers le jour de son élection.

Haletant, je ramasse son arme insolite. Je vais la ramener à Mathias qui raffole les gadgets. M'est avis qu'il va se choper un panard géant, notre pote, bricoleur comme je le sais.

D'en bas, parvient l'organe du Gros :

— Qu'est-ce c'raffut ? Y aurait du mou dans la corde z'à nœuds, grand ?

— Penses-tu, réponds-je ; tout baigne.

Il bâille et ce bruit, réverbéré par la cage d'escadrin, évoque le feulement d'un tigre disposé à s'embourber une gazelle avant de la glouper sans mayonnaise.

— J'croive qu' c'est c'bain dont j'ai pris c'matin qui m'amollit ; l'manque d'habitude, comprends-tu-t-il ?

Le voici en bas de l'escalier ; alors il voit tout et se tait.

Je lui vote un beau sourire pour réclame de pâte gingivale.

— J'espère que ce n'est pas moi qui t'ai réveillé en faisant le ménage ? lui demandé-je.

32

HONNEUR ET GLOIRE À SAN-ANTONIO ! (1)

— Une dame a demandé sur vous ce matin, monsieur le directeur.

— Vous ne lui avez pas dit que j'étais en déplacement, Calbute-douteux ?

Le planton (un ami de mon cher vieux Bombard) porte ce surnom inreluisant depuis le jour où, lors d'une visite inopinée du ministre, il a déféqué sous soi parce que l'illustre lui reprochait une tache de jaune d'œuf sur sa cravate. Dès lors, on lui a affublé ce blase ; péjoratif, certes, mais qui reste en deçà de qualificatifs qui eussent pu être autrement virulents.

— Je l'ai dit, monsieur le directeur. Mais la personne que je vous cause paraissait sûre de votre retour pour aujourd'hui. D'ailleurs elle a laissé ses cordonnets.

Il recherche sur son livre de bord et écrit en tirant une moitié de langue tellement dégueulasse qu'on le dispense de l'autre moitié. Arrache sa feuille de

(1) Faut oser intituler un chapitre comme ça quand tu es l'auteur (2).
(2) J'ose.

bloc. Me la présente avec onction, comme s'il s'agissait d'une bulle papale à tirage limité.

J'en prends connaissance, comme on dit puis du côté des Avenières et de Cessieu-de-la-Tour quand le temps veut changer :

« *Ingrid G. Hôtel de la Coloquinte-Quai Zacco 33.* »

Je conserve la note et gagne mon burlingue où je dois tenir une circonférence au sommet.

Se trouvent déjà dans l'antichambre : Jérémie Blanc, Mathias et le révérend César Pinaud, dont le teint plombé donnerait à croire qu'il va rentrer à l'hosto, alors qu'il en sort !

Serrement du jeu des paumes, comme j'emploie puis, avec cet esprit facétieux, ultime obstacle à mon admission à l'Académie française, mais l'obstruction contre mézigue faiblit, quai Conti.

La séparation ne fut pas longue, suffisante cependante pour stimuler les amitiés. On est bien de se retrouver, avides de vérifier la force tranquille de notre tendresse virile.

Je prends place dans le fauteuil rembourré cuir tandis que ma bande se dispose en arc de cercle.

Un soleil pâlot, mais qui va si admirablement avec les toits de Paname, poudre d'or la grande pièce sévère. (Le « poudre d'or » n'est pas de moi : je l'ai piqué dans un superbe livre de Mme la comtesse de Paris et Grande Ceinture titulé « Le Panard du Roy ».)

Je considère l'aréopage qui demi-cercle. Chers visages rouge, noir, vert, couleurs du (ou de la) Malawi, État de l'Afrique Orientale, je te rappelle à tout bon escient utile.

J'attaque :

— Nous venons de mener une opération bipartite, mes chéris, une phase en France, la seconde en Belgique. Il s'agit à présent de rassembler les deux moitiés pour faire un tout.

— Toujours ce sens aigu du résumé, sourit Jérémie. Qui commence ?

Je branle tu sais qui ? Le chef !

— L'affaire prend sa source à Paris, c'est donc par Pantruche qu'il est bon de démarrer, et puisque tu as le crachoir, continue !

Ce midi, il est rider, gentleman Jim ! Costar bleu croisé, chemise blanche, nœud pap' à rayures rouges et vertes, gourmette de cuivre contre les rhumatismes : une gravure de mode des Grands magasins de Dakar. N'en plus, il combat son odeur naturelle à l'aide d'un déodorant picoteur de narines qui me rappelle le désinfectant que mémé versait dans les gogues de son jardin, autrefois.

— Je te prends notre enquête dans l'ordre chronologique ?

— C'est le meilleur qui se puisse trouver, mon cher.

M. Blanc promène sa langue rose pâle sur ses lèvres en forme de gants de boxe.

— Nous avons déniché l'hôtel de la veuve Ballamerdsche à Paris ; elle y était descendue six jours avant l'affaire de l'église. Le personnel de cet établissement nous a appris qu'elle y avait reçu la visite d'un homme chauve et barbu. Par ailleurs, elle a eu beaucoup d'appels téléphoniques en provenance de l'étranger. De son côté, elle a communiqué chaque jour avec son domicile bruxellois. En outre, nos recherches ont démontré qu'elle a passé plusieurs heures quotidiennement à proximité de l'église Saint-Firmin-les-Gonzesses, à surveiller les agissements du père Dubraque. Il lui est même arrivé d'y pénétrer. Le sacristain se rappelle l'avoir vue consulter le tableau indiquant les heures des confessions.

À ce point de son rapport, ma fougue naturelle m'empare et j'interromps le narrateur :

— Parlons-en, du père Dubraque. Ne pensez-vous pas qu'il nous prend pour des gonfles ? Vous trouvez normal, vous autres, qu'une aventurière comme la mère Ballamerdsche le poursuive implacablement jusque dans son confessionnal pour le tuer sans qu'il connaisse cette houri ? On bute les gens qu'on hait, voire ceux qu'on aime, mais pas des êtres qui vous sont inconnus, sauf à être tueur à gages professionnel. Je vais aller lui dire trois mots, moi, à votre chanoine, et s'il ignore encore ce qu'est une belle confession intégrale, je le lui apprendrai !

Le bigophone sonne sur ma ligne intérieure. Je le dégoupille prestement. C'est Calbute-douteux qui m'informe que « la dame de ce matin redemande déjà après moi ».

— Je prends, fais-je.

Et d'ajouter pour mon humour privé : « En levrette de préférence », car je ne cesse jamais de me donner la représentation. Contrairement à ce que prétend l'autre, « la vie n'est pas un long fleuve tranquille », oh ! que non. C'est plutôt, comme disait mémé, une grande tartine de merde dont on mange une bouchée chaque jour.

33

HONNEUR ET GLOIRE À SAN-ANTONIO !
(SUITE, MAIS PAS FIN)

Un typhon verbal ! Le courant à haute tension de la passion.

Tu sais quoi ? Elle me crie qu'elle ne peut pas oublier nos étreintes d'un jour. Qu'elle a beau séduire des mecs sous toutes les latitudes, à toutes les altitudes, elle parvient pas à me chasser de son esprit ni à évacuer de son frifri le passage indélébile de mon bec verseur ! Je l'ai trop inoubliablement vergée, la chérie. Ai trop fortement traumatisé sa moulasse. Elle a beau chercher la rime, à travers le monde, elle la trouve pas. Elle a morflé des chibres de couleur, des surdimensionnés, des bitounes très longues et faufileuses, des qu'avaient la tête en batte de baisebaule, des qui turgesçaient de partout, des implacables, des moulurées, des mi-flasques renforcées au nerf de bœuf, des chafouines, des tordues en pas de vis, des râpeuses, des pas sympas, des vibrantes, des qu'arrivaient pas à se retenir, des qui, au contraire, n'arrivaient à rien, des appétissantes qu'avaient un goût de choucroute, des salées, des qui la faisaient roter, ou bien éternuer, des membraneuses, des télescopiques, des poreuses, des qui commençaient à se gâter, des chétives apitoyantes, des solennelles, des négligées, des passe-partouze, des pisse-partout, des hoqueteuses.

— Eh bien tout ça, voulez-vous que je vous dise, San-Antonio ? Zob ! Mon époux que je ne peux plus voir, fût-ce sur une simple photo d'identité, me croit au Pérou. Mais non, me voici à Paris. Et je vous attends ! Vous savez où ? Dans l'hôtel où il m'a amenée pour notre voyage de noces. Accourez pour chasser à tout jamais de ma vie, l'atroce souvenir de sa zézette pusillanime, une fois !

Davantage que cette ardente déclaration d'amour fou, je suis frappé par la qualité de son verbe ; je n'avais pas conservé d'elle le souvenir d'une personne au langage choisi.

Sa déclaration lâchée, elle demande, frénétique :

— Quand viens-tu réclamer ce qui t'appartient déjà, ô mon superbe ? Si tu voyais dans quel appareil je me trouve, tu te ruerais jusqu'ici pour y consommer l'amour le plus effréné qu'une femme passionnée puisse offrir à un amant de ta trempe. Imagine que je me suis oint le corps de crème Estée Lauder à deux cent cinquante francs français le petit flacon. J'embaume ! Je m'exalte ! Je sécrète ! Je suis une sorte de coffret d'amour déjà entrouvert ! Viens vite, de grâce. Un désir comme celui que je ressens ne se calme ni au doigt ni à l'œil. Comprends bien cela, mon maître adoré : je te veux ! Je suis ta chose ! Une fois ! Ma bouche et mon sexe ont besoin de te manger !

Devant cette péremptoirité, je suis bon gré mal gré gagné par ce trouble indéfinissable qui prépare aux bandaisons d'airain et de longue durée.

— Je vais faire le plus vite possible ! promets-je avant de déposer avec lenteur le combiné phallique sur sa fourche désuète.

Mes hommes braquent sur ma personne des regards d'ironie.

— Quand tu reçois des appels de ce type, observe Jérémie Blanc, tu pourrais arrêter le diffuseur. Qu'allons-nous faire à présent de nos sexes turges cents ?

— Pardon, murmuré-je. Nous devons revenir à l'affaire, cela détendra nos émois trop musclés.

Ils opinent comme ils peuvent.

— Messieurs, pontifié-je (on m'appelle, dans ces cas-là, le pontife souverain). Comme chaque fois que nous parvenons à la conclusion d'une affaire, sinon à sa solution, il est indispensable de résumer ce que nous en savons. Je vais donc m'y employer pour ce qui concerne la partie franchouillarde.

Je manœuvre discrètement afin de m'asseoir sur ma queue délictueuse, espérant la ramener aux bons usages par une forte pression autre que sanguine.

— Tout démarre par ce pauvre chanoine Dubraque, commencé-je. Nos services sont informés anonymement qu'il va être assassiné. Effectivement, l'ecclésiastique a été l'objet d'un attentat dont il a réchappé avec une blessure superficielle. Deux appels séparés, celui d'un homme puis celui d'une femme, annoncent qu'on le trucidera le 18. Nous prenons nos dispositions et découvrons qu'en effet une fausse pénitente est venue à confesse pour l'abattre. Seulement, la meurtrière en puissance est tuée avant d'avoir pu agir.

« Nous apprenons sans mal qui est cette femme ainsi que son passé dramatique. Avant tout, une évidence s'impose, la meurtrière virtuelle et sa victime désignée avaient un point commun : une partie de leur existence s'est déroulée en Afrique et a été dramatique. Se sont-elles connues là-bas ? Y eurent-elles des démêlés ? Un drame les opposat-il ? Mystère, mystère et re-mystère. Nous nous perdons en vous savez quoi ? »

— Conjectures ! disent d'une seule voix mes trois acolytes.

J'opine, malgré que mon sexe ait recouvré son élasticité et sa souplesse des moments de détente.

— À noter, souligné-je, que le pauvre chanoine prétendait tout ignorer de la femme Ballamerdsche. Question qui m'est personnelle : un ecclésiastique est-il capable de mentir ?

— Sûrement pas ! clame le Rouillé-cul-béni avec force.

— Faut voir ! dit prudemment Jérémie.

La Pine se réserve l'appréciation finale :

— Si c'est pour une juste cause...

Nous en restons là pour l'instant et je passe au second volet de l'étrange affaire que nous appellerons si tu le veux bien (et si tu ne veux pas je te compisse la raie médiane) la partie belge.

Sûrement la plus riche en péripéties, en périphéries également, notamment celle de Bruxelles, voire aussi en péripatéticiennes, car, dans ce second volet, elles ne manquent pas.

Mes copains se rapprochent de mon bureau, comme s'ils participaient à une séance de lévitation.

La partie parisienne, ils l'ont vécue, elle ne les fait plus mouiller.

Mais l'autre, hein ?

Alors tu penses si leurs glandes curieusales sécrètent à fond !

34

REGARDE DANS LE RÉTRO, SATANA !

Narrer est une chose aisée pour qui a le sens de la formule, de l'humour, et une bonne mémoire. Accouchement voluptueux dont les auditeurs constituent les obstétriciens passifs, qui n'aident à la naissance que par l'intensité de leur attention.

Mes potes chéris, faut voir comme je leur affûte la curieusance. La manière grand pro que je leur dévide mon récit, ménageant mes effets, dosant mes silences, soignant les passages épiques de la voix et de l'expression. Ils rebandent déjà, mais cérébralement cette fois, ce qui est plus durable. Une troussée jambonneuse, t'as beau la faire aller l'amble, elle dure moins longtemps qu'une crise de coliques néphrétiques. Tandis qu'un beau récit à coups de théâtre, riche en périodes haletantes, si tu as ton public bien en main, il peut te faire des heures.

Je leur débite notre aventure bruxelloise par le détail. Leur campe la grande maison de l'étrange trucideuse de chanoine. Cet antre où sont rassemblées ces médiévaleries. Le dortoir souterrain à l'issue secrète. Je leur décris les êtres qui l'habitaient : la fille à l'esprit fracassé, la jolie secrétaire dont la chatte devait sentir la violette, kif celle de

Marie-Antoinette (avant son séjour au Temple, naturellement, car tu parles qu'elle devait fouetter de la chattoune, étant donné ses conditions d'internement !)

Descriptif rapide des personnages secondaires, parmi lesquels le valet de chambre dont Béru a ramoné la gueule. Je narre par le menu notre gazéification, notre enlèvement, notre séjour chez ce médecin marron d'Anvers. Surtout, je leur parle du couple de kidnappeurs de flics français. L'homme chauve et barbu (qui, d'après leur rapport, doit être celui qui rendit visite à la veuve), et Lola, la frénétique, celle qui a une cartouche de dynamite dans la babasse, violeuse inextinguible, mais garce invétérée, capable de te sucer la bitoune en totale volupté pour, quand elle le décide, te la sectionner avec ses canines et incisives comme Churchill coupait l'extrémité fermée de ses barreaux de chaise !

Captivés, les voilà, mes braves. Yeux ovalisés par l'intérêt, langues à demi sorties, filet de salive aux commissures. Alors, pute comme pas trois, je fignole. Lorsque Rudolph Valentino dégageait son braque pour perpétrer la félicité d'une dame, il ne pouvait être l'objet d'un plus grand intérêt. Je leur bonnis l'arrivée des faux ambulanciers chez l'exdocteur De Bruyne. La manière qu'on a fait place nette, le Mafflu et Bibi.

Tu sais, faut pas croire, mais à raconter, c'est intéressant tout ça. Nos potes n'en cassent pas une et continuent de m'esgourder par tous les pores de leur peau. Je déballe notre entreprise culottée pour faire évader l'aventurière.

Les premières questions qu'ils risquent, c'est pour demander la manière que j'ai vergé la fille. Les turlutes forcénés qu'elle m'a pratiqués, à m'en décaper le panais avec les chailles de devant. Mais avec sa mâchoire déglinguée, c'était déjà beau ! T'as fait des pipes, toi, avec le tiroir esquinté ? Et puis mon enfourchage à la Tarass Boulba. La façon qu'elle me griffait en appelant sa mère dans une langue peu usitée, tout bien. Leur soif de savoir est exemplaire à ces bonzes amis.

Comme je n'ai pas de secrets (fussent-ils d'alcôve) pour eux, j'intensifie le descriptif. Ils s'y croient. Mon burlingue, je te jure, devient la vallée des soupirs ! Ce soir, leurs épouses vont avoir la bonne surprise : elles trouveront dans leur couche matrimoniale des hommes qu'on saura par quel bout attraper.

Mais foin d'une trop grande complaisance dans le scabreux. Je me dois avant tout à l'affaire. Alors je repars dans l'épique. Décris notre découverte du personnel assassiné dans le dortoir souterrain. Ensuite notre décarrade de la maison après une rapide visite à la fille demeurée, abandonnée parmi ses jouets et ses déjections. Mon souci d'avertir les autorités bruxelloises afin que la malheureuse soit secourue. La cabine téléphonique d'où je mate l'arrivée de la mère Lola. On rebrousse chemin. Revient chez la Ballamerdsche.

Et alors, ce coup de théâtre qui provoquerait l'accouchement prématuré d'une éléphante enceinte de quinze ans ! La demeurée qui ne l'est pas. La manière qu'elle trucide Lola et manque m'administrer à moi aussi son bouillon d'onze heures ! « Au fait, Mathias, je t'ai ramené ce gadget, tu vas pouvoir te régaler ! ».

Il me marque son bonheur en urinant (ou éjaculant ?) sur son siège.

Néanmoins, je vais poursuivre. Tu biches, n'est-ce

pas ? Car, ce que je viens de leur résumer, toi tu le savais déjà. T'as attendu juste pour en apprendre davantage. Rassure-toi, Bébé rose : ça vient !

Comme je me tais un peu trop longtemps à leur gré afin de maîtriser ma mémoire, les voilà qui s'agitent pareils à des chiots.

— Et alors ? risque le Branleur branlant.

D'un geste de prélat, je l'endigue :

— Mollo, César. Ton interminable carrière ne t'a-t-elle point enseigné cette vertu indispensable aux gens de notre profession : la patience ?

Confus, il multiplie ses rides en appuyant son menton sur sa cravate.

Encore une minute pour porter au rouge leur curiosité, puis j'enchaîne.

Soucieux de « matérialiser » davantage mon récit, je le poursuis au présent, temps plutôt ingrat en littérature et que seul un grand écrivain parvient totalement à maîtriser.

Qu'est-ce que tu dis, P'tit Louis ?... Rien ? Dommage ! T'avais là une belle occasion d'hommager mes mérites, espèce de pignouf !

Enfin, y a lurette que je ne me fais plus d'illuses sur ton compte. La vie, c'est tout seul, quoi. Avec, pour unique ressource, de passer la rhubarbe à qui peut te passer le séné. Or, le séné, c'est un truc purgatif, donc, comme que comme, t'es certain qu'on va te faire chier ! Quand je pense que ma Féloche aura utilisé des tonnes de Blédine pour maturiser un loustic auquel les autres enfoirés marquent si peu de considération ! Ce qui me console, c'est que la planète Terre se refroidira un jour et que le genre humain s'anéantira pour laisser sa place à la caillasse originelle. Ne restera que tchi de la bande de zozos copulateurs et meurtriers. Le cosmos imperturbable poursuivra sa ronde superbe et superflue. Putain, ce que je jubile d'y penser !

Bon, inévitable : je leur repars dans le récit pil-patant. Y a de l'action, du sang, de la volupté, de la mort ! Tous les condiments ! Que donc je me retrouve dans la chambre de la fausse demeurée qui, désarmée, gît sur le tapis de sa piaule, entre une merde et une poupée d'étoffe qui ressemble à la reine Queen, en moins carlin, du point du vue physionomie, et en plus élégant, question fringues.

Le Mastard revient, content de son brin de somme perpétré dans un trône d'ivoire. Il s'intri-gue (1) de voir la soi-disant demeurée simultané-ment sanglante et inanimée. Je l'affranchis. Il est terloqué par la performance de la dame qui aura joué sa partition de « La Crétine » sans un couac. C'est du grand art fignolé à l'extrême, poussant les scrupules (sic) jusqu'à se faire la bouille de la fille déclavetée.

Il m'aide à l'installer dans le fauteuil à oreilles. Je vais chercher un linge mouillé dans la salle de bains et m'en sers pour bassiner sa frime tuméfiée. Je déteste meurtrir une femme, quand bien même il s'agit d'une fieffée criminelle. L'eau fraîche étant salutaire, elle retrouve ses esprits, donc le mocheté de sa situasse. Prise en flagrant délit d'assassinat, accusée en prime d'une flopée d'autres meurtres (voir au sous-sol), son avenir ne se présente pas sous les auspices de Beaune !

— Pardonnez-moi ma brusquerie, ma puce, lui fais-je, mais j'ai l'instinct de conservation très poussé ; c'est l'une des principales conditions à

---

(1) Je hais les verbes transitifs qui nous auront fait tant de mal !

remplir pour atteindre l'âge de la retraite autrement qu'à titre posthume.

Le regard dont elle me crédite, comme l'écrit
l'une des dames du *Fémina Vie Heureuse* qui a un
beau brin de plume au bout de sa balayette de
gogues, est celui d'un requin qui se retrouve avec
la jambe de bois d'un corsaire dans la gueule. Un
regard plus vide que la mort, et beaucoup plus
froid.

— Que je vous prévienne, poupée chérie, je suis
ici en qualité d'auditeur libre. Les confidences que
les circonstances vont vous amener à me faire res-
teront donc entre nous.

Une certaine ironie malfaisante s'inscrit sur ce
visage que je trouverais peut-être agréable, si j'étais
en maillot de bain et verre de punch en main au
bar du *Hamac* (Guadeloupe, France). Ce qui n'est
hélas pas le cas.

Je vais reprendre l'arme terrible, étrange et sour-
noise qu'elle a utilisée à l'encontre de Lola, dont
la grande bouche aux lèvres pulpeuses convenait si
bellement à des turlutes ambitieux, gratuits les
jours fériés.

Je l'examine avec une attention qui n'a d'égal
que l'intérêt qu'elle m'inspire.

— Dans mon job, lui dis-je, c'est fou le nombre
d'armes non répertoriées que je rencontre. L'ingéniosité de l'homme est sans limites.

Puis, braquant l'orifice de l'engin sur la poitrine
de la gonzesse en survête, pile entre ses nichebabes,
je commente :

— Je crois comprendre, chère mademoiselle, que
c'est en appuyant sur cette touche ronde qu'on
actionne le gagdet, n'est-il pas ?

Bon, d'accord, cette femelle n'a pas froid aux

yeux et ce n'est pas le courage qui doit lui manquer ; n'empêche qu'elle ne peut se retenir de bal-
butier : « Attention ! », preuve que je tiens le
bambou, comme disait un producteur de films dont
le nom comportait deux voyelles et vingt-quatre
consonnes et qui s'écriait *« Da »* chaque fois qu'il
voulait dire « Oui ».

— Donc, c'est bien cette bistougnette qui envoie
le bonheur ?

— Tu permets ? dit le Mammouth, folâtre, en
s'emparant du bidule.

Je ne voudrais pas le lui laisser, seulement je me
dis qu'avec un intempestif style Césarin, un faux
mouvement pourrait avoir des résultats gravissi-
mes. D'une mimique faite à l'insu de la gonzesse,
je lui recommande de se gaffer d'un machinchose
pareillement diabolique.

L'Obéseur reste imperméable à cette muette
exhortance. Du pied, il traîne une chaise en face du
fauteuil qu'elle occupe, s'y pose à califourchon,
appuie le canon tronqué de l'appareil sur le dossier
en prenant soin que l'orifice se trouve face à la
gueule de la houri et soupire :

— Cause avec cette pécore, Tonio, du temps
qu'on l'a à l'œil, moive et sa sulfateuse.

Du sang continue de sourdre de son nez tuméfié
et se répand en zigzag sur son training ; elle le
renifle misérablement.

— Après une bonne confession, je suis certain
que vous vous sentirez mieux dans vos baskets,
déclaré-je. Comment vous appelez-vous ?

Elle darde son regard à la fois furieux et angoissé
sur l'engin détenu par Alexandred-Benoît et fait,
en causant du nez :

— Mon identité ne vous dirait rien. Je suis une illustre inconnue, fichée nulle part.

— Je sais l'identité d'une foule de gens inconnus des services de police, ricané-je. Alors ?

Elle a un haut-le-corps en voyant le Mastard chercher à tâtons le déclencheur de son arme.

— Mon nom est Malvina Stern, se décide-t-elle.

Je biche mon calepin aux pages jaunies par les années (papa en a laissé plusieurs grosses (1) en mourant), y note l'identité avancée par la donzelle.

— Vous n'êtes donc pas la fille d'Irène Balla-merdsche.

— Vous croyez ? elle rétorque avec un sourire de fumière.

C'est plus fort que moi : une tarte ! J'ai la main leste avec les impertinents. Y a des fois, je me dis : « Un métier que j'aurais jamais pu pratiquer, c'est éducateur d'enfants, ou moniteur d'ados. » Car ce qui flotte, chez ma pomme, c'est la patience. Je cartonne de la mandale. Un impulsif ! J'arrive pas à supporter les avantageux, ceux qui la ramènent parce qu'ils se croient supérieurs. Dans ces affrontements, j'ai la baffe immédiate. Un écart, même léger, et flaoff ! La beigne, tout de suite ! Ça endigue.

Mais la bonne éducation se perd ; de nos jours, comme disait l'admirable Coluche, on n'a plus droit aux bavures. Faut parler. Mon zob ! Ils s'en torchent de la bavasserie, les rétifs. Cause toujours, mon *rabbit* ! N'avant, d'une belle torgnole dans le museau tu calmais le jeu, rétablissais l'ordre. En deux taquets et un coup de pompe dans le train, tu

(1) Je te rappelle, ou t'apprends, qu'une grosse représente douze douzaines.

prenais ta classe bien en main, l'instite. Une giro-
flée à cinq pétales et t'entendais voler les mouches
avec les auxiliaires juqu'à l'heure de la récré. Maintenant, c'est la gabegie ! La révolution permanente,
qu'ils disent. Et comme la courbe démographique
grimpe, tu juges de la cata en perspective, Yves ?
Y a juste pour les impôts qu'ils gardent la main de
fer dans un gant de crin. Sauvez le pognon ! Les
mœurs, on s'en torche. Faudrait les purger, tous ces
débandeurs en débandade. L'homme qui s'auto-
chie ne fait plus chier personne ! Un jour, par la
force des choses, on reviendra au règne de l'huile
de ricin ; sinon y aura plus mèche de s'en sortir !

Moi je dis.

Mais suis le seul. Tant pis. Chacun aura droit à
sa ration de gadoue. Bon appétit.

Elle est troublée par ma gifle, la sœur.

— Je crois que tu n'as encore rien compris à mon
personnage, ma chérie. Je suis décidé à aller
jusqu'au fond des choses.

Pour ne pas m'être en reste, bien sûr, Sandre en
rajoute. Il avance le canon de son arme diabolique
jusqu'au visage de notre cliente, lui en place l'orifice sous les marines.

— Respire, connasse ! il gronde. T'as vu où j'ai
mon indesque ? Su' l'p'tit bistougnet qu'envoye
l'potage ! Un accide est vite arrivévé. Qu' j'biche
la crampe d'l'écrivain et t'es aussi zinguée
qu' ta potesse d'l'escadrin. Joue pas av'c mes
nerfes.

Il parle de nerfs, le Gros Lanturlu ? Voilà que je
chope les miens ! Un cri me part des tréfonds. Style
kamikazes japs quand ils fonçaient sur un cuirassé
yankee à bord de leur torpille. Je te jure : habiter
la seule planète potable et se sacrifier pour les

beaux yeux bridés du Mikado ! Y a de quoi se
pogner devant la photo de Mme Veil !

La gonzesse doit avoir un quatorzième sens qui
lui indique jusqu'où elle peut aller trop loin. Je crois
lire une brusque soumission sur sa frite.

— T'as déjà morflé un bourre-pif qui te fait ressembler à la frangine du cochon Babylas ? je
reprends. Alors de deux choses l'une : tu racontes
tout, très intelligiblement, moyennant quoi je te
laisse te dépatouiller de ce merdier ; ou bien tu
refuses de nous affranchir, et alors ton destin se
met à ressembler au coucher de soleil sur Hiros-
hima le 6 août 45.

Elle acquiesce brièvement :

— O.K., je parle...

35

ÇA VIENT DE SORTIR

Comment pourrais-je me déclarer romancier de réputation locale internationale (l'un des plus universels qui se soient trouvés sur le tracé Lyon-Grenoble, entre La Verpillière et Les Abrets) si, à cette période finissante d'un ouvrage en tous points remarquable, je t'infligeais la fastidiosité d'un interrogatoire encombré de répétitions, coups blessants, invectives variées, menaces avec débuts d'exécution, injures grossières et autres imprécations ?

Voilà ce que j'apprends de ladite Malvina Stern, deux points, inutile d'ouvrir les guillemets :

Elle connaît la défunte dame Ballamerdsche depuis plusieurs années et a mis au point avec elle un bien étrange trafic qui consiste à faire venir clandestinement d'Afrique de jeunes Noirs des deux sexes qu'elles vendaient, oui, tu as bien lu : « vendaient » à des laboratoires « très spéciaux » aux fins d'expériences. Ces dolescents pouvaient disparaître sans laisser de trace puisque leur arrivée en Belgique s'opérait clandestinement. Leurs corps étaient incinérés après usage. Cet impensable négoce se montrait pécuniairement très juteux, la viande humaine qui, sur un champ de bataille ne vaut pas un maravédis, atteignant en temps de paix des cours vertigineux laissant loin derrière eux celui du bœuf de Kôbe.

Mais la dame du Bois de la Cambre agissait davantage pour assouvir une formidable vengeance que par esprit de lucre. Elle n'avait jamais pu endiguer la haine torride que lui inspiraient tous les Noirs qui avaient saccagé sa vie en massacrant son mari, en réduisant sa fille à l'état de légume et en la violant de terrible manière. Son étrange commerce l'aidait à assumer le temps qui passe. Elle continuait de conduire des bronzés à l'équarrissage sans jamais étancher son implacable rancune. Elle vivait depuis des lustres pour le seul plaisir d'en faire (qui vient de crier Rochereau ?) périr le plus possible.

Et puis, il y avait autre chose. Une chose que me livre Malvina, en veine de confidences brusquement. Depuis le viol collectif qu'elle avait subi en Afrique, cette femme, ô terrible ironie du sort, ne pouvait plus jouir qu'en se faisant embroquer par plusieurs *blacks* à la fois. Carrément la négusssession avec goumis style *elephant man*. Elle s'en carrait dans tous ses centres d'hébergement : antérieur, postérieur, nord et sud. La sauvage goinfrade ! Paraît que sa babasse ressemblait à l'entrée du tunnel sous la Manche ! Ça la prenait par périodes. Quand elle avait essoré ses prisonniers, elle piquait une crise de démence, les frappait à coups de bâton, jusqu'au sang. Elle en aurait même émasculé un parce qu'il se traînait une chopine plus mastarde que ses potes, et lui avait déglingué la chaglatte, le pauvre biquet. Tu parles d'une duègne !

Ce récit nous abasourdit, Messire Gros-Lard et

moi ! Jamais encore nous n'avions (à réaction) entendu plus noire histoire (sans jeux de mots ringardos). Tu parles d'une Vouivre, cette bonne dame ! Les centres d'expériences incriminés se trouvent en Allemagne. Le « matériel humain » y était acheminé par bateau, depuis Anvers jusqu'à Hambourg. La garce m'avoue que nous aurions dû y être conduits, le Gros et moi ; cette annonce me fait boucler les poils du nez. Je m'imagine chair à saucisse expérimentale, à jamais perdu pour la Rousse, pour Félicie et pour le millier (environ) de nanas qui se battent pour obtenir un peu de ma précieuse semence. Yayaille ! Le deuil national qui allait en consécuter, Dorothée !

— Ben, ma *vacca !* soupire le Mongol fier, on n'est pas passés loin de la gagne !

Mais trêve (autre ville allemande) de frissons rétrospectifs. Il s'agit de la piloter au bout de sa confession, Malvina Stern. Et alors bon, le trafic de la chair négroïde, ça j'ai compris, mais ce que je veux entraver à présent, c'est le pourquoi la guerre a éclaté chez ces marchands de bidoche humaine. En somme, ce qui a foutu le bigntz, c'est indéniablement le chanoine Dubraque, de Saint-Locdu-le-Petit. Y a eu effervescence autour de sa personne. La sauvage Ballamerdsche voulait absolument le zinguer, alors que d'autres personnes (deux ou moins), s'attachaient à préserver sa chrétienne existence.

Je pose la question à notre affranchisseuse qui, curieusement, est surprise par cette annonce.

— Y avait des couacs dans votre charmante équipe ? je demande.

Cette simple question semble déchirer le voile de son incompréhesion, comme l'aurait dit une écri-

vaine que je sais, un jour qu'elle aurait été tour-
mentée par ses ragnagnas (ça aussi, que ça perturbe
les bas-bleus). Y a pas que les vaisselles et les
maternités qui chancetiquent leur carrière, les
pauvres petites frangines. Tu crois qu'Alexandre
Dumas aurait pu commettre ses *Trois mousque-
taires* étourdissants avec des règles douloureuses ?
Que tchi, mon z'ami ! La nature, tu peux rien faire
contre elle ni sans elle, j'aimerais que tu le susses.

La môme réfléchit. Puis, se parlant à soi-même
dans une langue qu'elle comprendrait, elle hoche
la tête et fait à différentes reprises : « Oui... Oui,
probablement... »

Alors, mister ma pomme, direct :

— Tu nous fais profiter de tes lumières, chérie ?

Elle sort de sa rêvasserie :

— Adèle, sa secrétaire et le valet de chambre se
montraient hostiles à l'élimination du curé.

— Un reste de religion ? gouaillé-je.

— Qui sait ? Mais je ne vois qu'eux.

Je me penche à lui toucher le *nose* et lui plante
mon regard de braise dans les catadioptres.

— Ça ne serait pas toi, par hasard ?

Elle a un sourire de fumière.

— Quelle drôle d'idée !

— T'avais intérêt à ce qu'elle soit hors circuit
pour...

Mais soudain, éblouissante, la vérité m'apparaît,
belle comme un arc-en-ciel d'été après l'orage. Plus
que belle, même : irréfutable.

— La sarbacane ! j'égosille. C'est toi, hein ?

Son regard a une étrange lueur. J'y lis un acquies-
cement. Plus encore : une indicible fierté.

— Tu l'as scrafée au moment où elle est entrée
dans l'église pour buter le chanoine ! Au point où

tu en es, tu ne vas nous marchander tes aveux, ma poule. Quand on joue le jeu, il faut aller jusqu'au bout.

— Et quand ce serait ? dit-elle.

— Figure-toi que je phosphore comme toute une fabrique d'allumettes. L'idée nouvelle qui m'arrive en ligne directe c'est que tu entendais liquider petite mère pour pouvoir prendre la place de sa fille ici.

Elle a une courbette :

— Compliments.

— Ainsi tu sucrais tout le pactole après maman. On t'aurait mise sous la tutelle d'un gazier quelconque dont vous auriez « fait votre affaire », tes complices et toi. La fortune des Ballamerdsche doit-être conséquente, je suppose ?

— Colossale ! repond l'aventurière (1).

Je jubile, donc j'essuie. Mon Dieu, quel prodigieux instinct policier ! Il est si grand que j'ai bien envie de l'écrire avec un « e » muet (instincte) pour faire plus intense.

— Bon, tu es à Paris, tu butes la vieille avec un fantastique sang-froid (en anglais *cold blood*), tu rentres dare-dare à Bruxelles où tu mets illico ton plan à exécution en prenant la place de la malheureuse Martine. Facile : le personnel excepté, personne ne connaît cette pauvre légumineuse. Qu'en as-tu fait ?

— Cherchez ? riposte-t-elle.

Je lui ajuste une mandale qui transformerait un potiron en limande.

— Réponse ? aboyé-je.

---

(1) Je la qualifie d'aventurière, comme dans les romans début de siècle, parce que ça fait plus chatoyant à la lecture, moi je trouve.

— Au fond du parc, près du potager, il y a une fosse à compost ; nous l'avons placée là en attendant.

— Avec l'accord du personnel ?

— Ils ne l'étaient pas tous.

— C'est pourquoi tu as fait place nette en liquidant toute la coterie ? Table rase pour repartir du bon pied ?

— Aux grands maux les grands remèdes.

— Mais dis voir, ma grande, tu fais autant de ravages que la guerre de Quatorze-dix-huit, quand tu te mets au ménage !

Un ange passe à tire-d'ailes. Béru somnole pratiquement, à califourchon sur sa chaise, mais son métier est si ancré qu'il parvient à braquer impec la sorcière meurtrière.

— Revenons au chanoine, reprends-je. Comment expliques-tu l'implacable vindicte dont le poursuivait la mère Ballamerdsche ?

La salope tueuse hausse les épaules.

— Affaire personnelle, dit-elle.

— Mais encore (s'écrit aussi Metz-Angkor) ?

— Après l'attaque de la Résidence, les autorités locales, « stimulées » par la Belgique, ont arrêté plusieurs des auteurs (réels ou présumés) du massacre. Dieu sait ce qu'il serait advenu de ces hommes, si un missionnaire, préoccupé de secourir des délinquants de tout poil et de toutes origines n'avait entrepris une croisade afin d'assurer leur défense.

— O.K. ! j'ai pigé, la coupé-je-t-il. Il s'agissait du chanoine Dubraque ?

— Gagné.

— Et alors ?

— Certains des accusés ont tout de même été pendus, d'autres s'en sont tirés avec de la prison, et il en est même qui furent relaxés. Après le massacre, Irène fut longue à se remettre. Lorsqu'elle eut quelque peu récupéré, la situation de sa fille la mobilisa. Ce n'est que depuis peu qu'elle a appris incidemment le rôle du prêtre. Vous pensez bien que dès lors elle n'a plus eu qu'une seule idée en tête...

Et alors tu vois, Benoît, c'est là qu'il se passe quelque chose d'inattendu.

Mais faut que je change de chapitre pour te raconter ce circus. Tu vas voir : ça le mérite !

36

COMMENCE A PLEURER, J'ARRIVE !

Elle prononce son « dès lors elle n'a plus eu qu'une idée en tête » et se tait, comme prise d'un malaise péremptoire. Je lui file un coup de saveur indécis. On dirait qu'elle est au bord de la défaillance, la Malvina.

— Eh bien quoi ? j'articule.

Alors c'est le gros bigntz. Un déclenchement vertigineux. Elle nous le fait au stuka de la 39-44, la poupée. Un cri ! Mais quel ! Qui lui arrache la gorge à elle et à nous les tympans. C'est si violent, si intense, si soudain, si insoutenable qu'on s'en pétrifie. Notre moelle devient dure comme de la résine séchée.

Bien joué, la mère ! Toute gueulante, elle s'est jetée sur l'arme que tient le Mammouth et la lui arrache par surprise ! Puis elle recule d'un bond ; dirige le canon court en direction de *Big Apple* et envoie la purée !

La salope ! En voilà une qui n'a pas froid aux châsses. Comment qu'elle nous endormait en accouchant de ses confidences. Y allait à bloc dans la soumission afin de décrisper l'atmosphère propice. Et puis, d'un coup, poum ! Elle joue son va-tout, avec une fulgurance et une énergie peu communes, qu'on dit puis dans les romans (une force, une beauté, une tout-ce-que-tu-veux peu commune).

Ce que je retrace céans prend un certain temps à être, kif l'affût du canon pour refroidir. En fait, ça se déroule en pas deux secondes, comme une congestion cérébrale. Ma pomme, me faut quatre dixièmes (toujours en secondes) pour réagir. C'est pis qu'urgent ! C'est trop tard ! Pas le loisir de gamberger. Mon pied droit part tout seul pour un *shoot* nébuleux. Bonheur ! J'ai la jambe suffisamment longue et mon panard entre en contact avec la sulfateuse. Ce qui se produit alors ? Dieu seul le sait. Et encore est-Il obligé de se faire repasser le film au ralenti. Mon coup de savate a redressé le crache-mort de la fille. Comme elle a gardé le *finger* sur la détente et que l'orifice était soudain tourné vers elle, c'est la gonzesse qu'efface tout le potage. Elle s'écroule sans un cri, sans une plainte. Ça va plus vite que dans du Shakespeare et c'est moins grandiloquent. La v'là nasée, un point c'est tout.

Situasse illico contrôlée par le fulgurant Sana.

Ah ! si j'étais femme, ce que je m'aimerais !

Béru est resté à califourchon sur sa chaise. Il est pâle, donc violet-bleuté.

Son regard est fixe, sa bouche entrouverte comme pour mordre dans une rosette de Lyon.

— Ça ne va pas, Alexandre-Benoît ? lui demandé-je-t-il.

Il paraît écouter des voix d'archanges tombées des nues. Et puis il soupire d'une voix d'outre-tombe :

— J'ai mal aux couilles, grand.

Je considère sa posture, me remémore celle de la fille au moment où elle lui a défouraillé contre. La situasse m'est soudain révélée. Il se tenait à califourchon sur le siège, te répété-je. Le dossier capitonné cuir placé devant le Mastard lui a servi de bouclier, seulement il y a un intervalle entre ledit et la partie où l'on pose ses meules. Cet écartement a laissé passer le rayon ravageur et le Gravos a morflé dans son intimité.

— Déculotte-toi, Béru ! Et montre-moi !

À gestes harassés il obéit.

Toujours spectaculaire de se trouver nez à nœud avec le chibre de ce nanti de l'amour. Je n'ai jamais vu sa chopine sans marquer un haut-le-corps. Mais cette fois, l'engin dépasse toutes les normes. Il est en train d'enfler encore, ce qui l'emporte vers des records inatteints, de mémoire d'homme.

— Il va te falloir une brouette pour te déplacer ! pronostiqué-je. Je vais te conduire à l'hosto. Tu peux marcher ?

Il essaie. Oui, il y parvient, en traînant toutefois les pieds.

— Écoute, me dit le Chérubin surmembré. D'accord pour aller consultaner, mais à Pantruche. Tu n'penses pas qu' j'vaye montrer mon zob à des étrangers ! Y s'raient cap' d'm'l'prendre en photo. Et moi, ma bite, j'veuille qu' ell' restasse un' esclusivité française !

CONCLULOGUE

Je sors de l'hôtel où est descendue Ingrid Gueulimans. Ce que je viens d'y vivre ? Attends : tu as vu jouer *Les derniers jours de Pompéi,* je pense ?

Eh bien ça ! En plus terrible. En plus indicible. La chérie a dû morfler quarante-huit panards d'affilée (ou d'enfilés) en poussant des cris si intenses que le gérant est venu tambouriner à la porte pour s'assurer que je la trucidais pas.

J'ai plus qu'une hâte : rentrer chez m'man, tortorer son bouffement et aller me torchonner pendant une douzaine d'heures de soixante minutes chacune.

Et voilà que dans le hall de l'établissement, je me heurte à un monsieur qui lui y pénètre.

Je te dis qui ?

Martin Gueulimans, le mari.

— Par exemple ! il exclame, je crois rêver ! Moi qui viens à Paris pour vous rencontrer !

Confidentiel :

— Si je vous disais : c'est l'hôtel de notre voyage

de noces. J'en ai vécu des bons moments au 116 (1) !

Un voile de nostalge passe sur sa frite belge.

— Faut dire, murmure Martin, que l'amour l'intéressait encore à l'époque !

Il m'attrape par le bras.

— Vous savez, il s'en est passé des choses, à la villa du Bois de la Cambre, depuis que vous êtes rentré. Une hécatombe ! Vous allez voir ça à la TV et dans les journaux. Nous avons démasqué un trafic de chair humaine encore jamais égalé. Vos Landru, Petiot et consorts n'étaient que des plaisantins, des amateurs, en comparaison. Voulez-vous que je vous relate un détail qui porte son comble à l'horreur ? Ces monstres on anéanti par gaz une dizaine de jeunes Noirs dont ils devaient se défaire rapidement. Talonnés par les circonstances, vous savez où ils ont dissimulé leurs cadavres en attendant de pouvoir les évacuer ?

— Non ? bée-je-t-il, sincèrement intéressé.

— Dans les armures du magasin d'antiquités ! tonitrue Martin. C'est l'odeur qui nous a permis de les découvrir. Ça vous la coupe, hein ?

Puis, se tournant vers le réceptionniste de l'hôtel, il demande :

— La chambre 116 serait-elle libre, une fois ?

---

(1) Le numéro de la piaule où je viens de tirer sa gerce.

DEUXIÈME PARTIE

FIN

SAN-ANTONIO

ŒUVRES COMPLÈTES

A NOUVEAU DISPONIBLE
A PARTIR D'AVRIL 1995

**Les 23 tomes
des Œuvres Complètes
de San-Antonio
en cours de publication**

A paraître en octobre 1995

Le tome XXIV

FLEUVE NOIR

DICTIONNAIRE

SAN-ANTONIO

Depuis Rabelais, aucun écrivain de langue française n'a pu prétendre, autant que San-Antonio, être parvenu à forger un langage qui lui soit propre.

Avec ses quelque 15 500 entrées, ce dictionnaire en apporte la preuve la plus éclatante. Et montre, exemples à l'appui, que San-Antonio est bel et bien un auteur de génie.

Un monument.

648 pages - 157 francs
grand format cartonné

DICTIONNAIRE

SAN-ANTONIO

Depuis Rabelais, aucun écrivain de langue française, n'a pu prétendre autant que San-Antonio, être parvenu à forger un langage qui lui soit propre

Avec ses quelque 15 000 entrées, ce dictionnaire en apporte la preuve la plus éclatante. Et montre, exemples à l'appui, que San-Antonio est bel et bien un auteur de génie.

Un monument.

642 pages - 157 francs
grand format cartonné

Fleuve Noir

UN FRÉDÉRIC DARD INATTENDU

ROMANS D'ÉPOUVANTE

Frédéric Dard, auteur de romans de terreur et d'épouvante ? Non, ce n'est pas une mystification. Dans les années 50 en effet, le grand écrivain s'est non seulement adonné au genre (sous le pseudonyme de Frédéric Charles) mais, en outre, il a beaucoup collaboré au théâtre du Grand-Guignol, avec son complice de toujours, l'acteur et metteur en scène Robert Hossein.

Quatre de ces romans sont réunis dans le présent volume. Quatre histoires bourrées de mystère et angoissantes à souhait. Des livres qui étaient devenus introuvables et qui dévoilent un visage méconnu du créateur de San-Antonio.

448 pages - 59 francs

SUPER POCHE / FLEUVE NOIR
DES "POCHE" DIFFÉRENTS

Achevé d'imprimer en avril 1995
sur les presses de l'Imprimerie Bussière
à Saint-Amand (Cher)

N° d'impression : 857.
Dépôt légal : mai 1995.
Imprimé en France